나는,

경찰서로

출근합니다

나는,
경찰서로
출근합니다

아무도 알아주지 않던 9급 경찰관 이야기

어보경 지음

지식인하우스

● 차례

2장 경찰이어서 고민합니다

3장 억울함과도 싸워야 하는 경찰들

4장 경찰, 그 슬픈 직업에 대하여

마치는 글 경찰관으로 산다는 것 … 164

나는 9급 경찰관입니다

경찰은 특수한 직업이지만, 특별한 직업도 아니다.

나는 경찰관이자 보통의 사람으로 오늘도 경찰서로 출근한다.

경찰과 관련된 신문기사를 읽다 보면 아래와 같은 류의 댓글을 자주 보게 된다.

'요즘 경찰관들은 그냥 직장인이다.'

맞다. 정확한 지적이다. 나는 직장이 경찰서인 사람이다. 솔직히 험난한 취업전선에서 탈출하고자 직장을 찾아 취직한 그냥 그런, 별로 대단하지도 않은 보통 직장인이다. 나는 이런 댓글을 볼 때마다 생각한다.

'근데 그게 뭐가 나빠?'

학창시절 생활기록부에 '경찰관'을 장래희망으로 적어 본 적이 없다. 공무원을 꿈꿨던 적도 없다. 대학교 3학년 가을, 나는 공인노무사 시험을 준비하다 탈락이라는 쓰디쓴 고배를 마시고 복학했다. 하루는 뒷자리에 앉아 있던 후배가 말했다. "이번에 경찰에 합격했으니까, 내가 학점 다 깔아 줄게. 파이팅 해." 나 들으라고 하는 얘긴가 싶었다. 후배가 화장실에 간 사이에 그 녀석 옆에 앉아 있던 친구에게 물었다. "경찰 시험 어려워?" 검찰직을 준비하던 그 친구는 "검찰직이나 9급 공채보다 커트라인도 낮고, 경쟁률도 낮아요"라고 답했다. 추석이 지난 시점이었으니까 10월쯤 됐을까. 귀 얇고 자존심 센 나는 경찰 시험 준비를 시작했다.

사실 선택의 여지가 없었다. 군대를 전역한 뒤부터 공인노무사 준비만 쭉 해왔던 터라 나는 아무런 스펙이 없었다. 대학교 3학년 2학기 정도 되면 취업에 필요한 대외활동이나 봉사활동 등 스펙을 충분히 쌓아 두었어야 할 시점인데, 나는 그렇지 못했다. 공인노무사 시험에서 떨어진 복학생이었던 나는 무스펙의 패잔병일 뿐이었다.

나는 경제적 여건과 시간적 여유, 개인적인 능력 등을 고려해 공인노무사 시험을 포기하는 것이 합리적이라고 판단했다. 그리고 인터넷에 '공X기', '경X기'를 검색했다. 합격수기를 보니 6개월 내에 붙는 사람들도 종종 있었다. 객관식은 자신 있었다. 일반적으로 경찰 순경 채용시험은 상반기와 하반기에 2차례 실시하는데, 하반기 시험 일정은 대부분 대학교 여름방학 중이었다. 나는 '내년 하반기 시험까지 최선을 다해 도전해 보고, 안 되면 2학기부터 빡세게 취업준비를 하지 뭐'라는 생각으로 공부를 시작했고, 다음 해 3월 첫 번째 치렀던 순경 채용시험에 바로 합격했다.

누구나 똑같다. 자신이 취업할 가능성이 높은 회사를 선택하고 그 회사에 맞게 취업 전략을 짠다. 남들이 자기소개서를 쓰거나 면접을 위해 회사 분석을 할 때 나는 공무원 시험 종류, 시험과목, 경쟁률을 분석하고 시험 전략을 짰다. 남들이 토익과 SSAT, NCS를 준비하듯 5과목의 시험을 준비했다. 경쟁률로 보나 시험 난이도를 보나 스펙이 없는 내가 네임 밸류가 있는 회사에 취업하기 위한 최선의 선택은 공무원이었고, 그중 합격 가능성이 제일 높은 경찰을 선택했을 뿐이다.

사람들은 말한다. 공무원은 '사명감이 있어야 한다', '봉사정신이 있어야 한다', '친절해야 한다'…. 그런데 일반 회사원도 똑같지 않은가. 애사심, 책임감, 서비스 정신, 팀워크 등 공무원에게 요구되는 능력과 별반 다르지 않다. 당신은 이러한 고귀한 정신을 가지고 회사에 다니고 있는가. 공무원도 같다. 당신 주변에 있는 흔하디흔한 사람이다. 책임감을 갖고 자기가 맡은 업무를 완벽하게 처리하면 그게 사명감이고, 봉사정신이고, 친절한 게 아닐까. 나도 그냥 회사원처럼 열심히 경찰서에 다니면 안 되나?

최종 합격 발표가 나던 날, 친한 친구에게 말했다.
"나 취업했다!"

1장

경찰서로
출근합니다

파출소 :
경찰관의 하루

"우리 동네 경찰관들은 순찰차에 앉아 휴대폰만 하던데." 주변 사람들로부터 많이 듣는 소리다. 이런 소리를 들으면 그렇게 억울하지 않을 수가 없다. 순찰차 근무는 대기의 연속이다. 112 신고가 들어올 때까지 순찰을 돌거나 교통사고가 빈번한 도로 등에서 목(目)근무를 선다. 목근무의 부수적인 임무는 수배 차량 및 과태료 미납 차량 검문 등이다. 옛날 같으면 차를 멈춰 세우고 신분증을 확인하며 검문을 했겠지만, 요즘이 어떤 세상인가! 조그만 PDA에 차량 번호만 입력하면 차량 소유주가 누군지, 수배가 있는지 없는지, 과태료가 미납되어 영치차량은 아닌지 등 각종 정보가 나온다. 문제는 그 PDA가 스마트폰이라는 사실이다. 경찰들은 검문검색용 스마트폰을 PDA라고 부르는데, PDA는 외부 인터넷이 되지 않고 기능이 한정적이다. 그렇다 보니 PDA로 차량 검색을 하는 모습이 휴대폰을 가지고 노는 것처럼 보일 수 있다. 그래서 그런지 괜히 PDA를 만지작거리며 순찰차 창밖 눈치를 보게 된다.

파출소의 진가는 야간근무에 나타난다. 주간근무 때보다 야간근무 때 질 나쁜 신고가 많이 들어올 뿐만 아니라, 업무 처리 강도도 세다. 밤에는 술에 취해 사고를 치는 사람들이 많아서 그렇다. 기본적으로 술에 취한 사람을 대하는 것은 여간 어려운 일이 아니다. 술에 취해 사고를 치는 사람들의 공통적인 특징은 남의 말을 듣지 않는다는 것이다. 또 경찰에 굉장히 비협조적이다. 문제 있는 사람들이 술에 취해 문제 있는 행동을 하는 것인지, 술이 문제를 일으키도록 만드는 것인지 헷갈릴 정도다.

한 번은 이상한 신고를 받고 출동을 했다. 음주운전 신고인데 자신의 집으로 와 달라는 것이다. 알고 보니 아내가 음주운전을 했으니 처벌해 달라는 신고였다. 아내가 상습적으로 음주운전을 했고, 보다 못한 남편이 112 신고를 한 것이다. 집에 가 보니 만취한 아내가 자신을 신고한 남편에게 말도 못할 욕을 퍼붓고 있었다. 현장에서 조사가 불가능해 보여 파출소로 데리고 가려는데, 아내가 갑자기 소리를 지르며 유리잔을 바닥에 던지는 것이 아닌가. 피할 틈도 없이 유리 조각이 내 발에 박혔다. 나는 속으로 온갖 욕지거리를 해대며 그 여자를 체포했다. 물론 밖으로는 한마디도 못 했지만. 이렇듯 야간에는 술에 취해 자신의 감정이나 행동을 주체하지 못하는 사람들로 인한 신고가 너무 많다.

생각해 보면 술에 취해 아내를 때리는 사람, 술에 취해 운전하는 사람, 술에 취해 넘어져 다치는 사람들까지, 야간근무 때 발생하는 거의 모든 문제는 술과 연관된다. 나는 경찰에 입직한 이후로 만취할 때까지 술을 먹지 않기로 다짐하고 나름 잘 지키고 있다.

파출소의 경우 야간근무 중 2~3시간의 휴게시간을 포함하여 약 12~13시간 정도를 일하게 되는데, 해가 질 때쯤 근무에 투입되어 해가 뜬 다음에야 근무가 마무리된다. 3교대 근무를 기준으로 '주간 - 주간 - 주간 - 야간 - 휴무 - 야간 - 휴무 - 야간 - 휴무'의 패턴으로 근무가 돌아가는데, 따지고 보면 365일 파출소에 출근 도장을 찍는 것이나 다름없다. 그렇기에 파출소 경찰관들은 항상 피곤에 절어 있다. 그러니 오늘 하루만큼은 주변에 아는 경찰관이 있다면 고생한다고 한마디 해 보는 것이 어떨까.

경찰 기동대 :
전선에 서다

"오늘 나 진압 나갔다. 진압이 뭐냐고? 경찰이 열라 맞는 거야. 왜 경찰이 안 패고 쳐 맞았냐고. 나도 몰라. 그냥 시키니까. 근데 선배들 말이 경찰이 맞는 게 그게 맞대. 경찰이 무슨 짓을 하면 그게 정말 큰일 나는 거라나. 아무튼 그래서 오늘 우리는 아무 짓도 하지 않았어."

tvN 드라마 <라이브>의 주인공 '상수'가 시위 현장에서 내뱉는 독백이다.

시위 현장에 나가는 경찰관은 전쟁터에 나가는 군인과

같다. 정치적 중립은 개인을 없앤 경찰관을 요구한다. 시위대 앞에 선 경찰관에게 의지는 있어도 의견은 없다. 법과 원칙에 따라 명령만 수행할 뿐이다. 그렇기에 많은 사람에게 미움을 받기도 한다. 지금부터 할 얘기는 사람들로부터 가장 미움받는 경찰관들, 바로 기동대에 대한 얘기다.

지방경찰청별로 차이는 있지만 일반적으로 신규 채용된 경찰관들은 의무적으로 기동대에 차출된다. 내가 소속된 지방경찰청의 경우 젊은 순경들이 우선적으로 차출됐다. 동기 중 상대적으로 어렸던 나는 그렇게 경찰관 기동대 생활을 시작했다. 경찰관 기동대는 없어지는 의경과 전경을 대체하기 위하여 임용된 경찰관들로 구성된 경찰관 부대다. 주로 하는 업무는 집회시위 관리, 방범순찰 지원이다.

기동대는 호불호가 정말 많이 갈리는 부서 중 하나다. 불규칙한 근무 스케줄 때문이다. 정해진 근무 스케줄이 있긴 하지만 정해진 대로 지켜지는 경우가 거의 없다. 즉 오늘 스케줄은 전날 저녁이 돼서야 알 수 있는데, 집회시위 신고가 24시간 가능해서 갑자기 출동하는 경우가 많기 때문이다. 한 해의 마지막 날인 12월 31일. 다음날이 휴무인 것을 확인하고 여자 친구(지금의 아내)를 만났다. 새해를 앞두고 카운트다운을 세는 순간, 기동대 단체 메신저에 알림이 뜨는 것이 아닌가. 분명히 다음날은 아니 00시가 지났으니 오늘은 휴무였는데 말이다. 해돋이 혼잡경비근무가 생겼으니 새벽 4시까지 출근하라는 연락이었다. 아쉬움을 뒤로한 채 출근할 수밖에 없었다. 이렇듯 불규칙한 근무 스케줄 때문에 기동대는 기피부서 중 하나다. 그럼에도 불구하고 그러한 근무형태 때문에 두둑한 월급이 지급된다는 점은 단점을 상쇄할 만한 장점이긴 하다.

 기동대를 이야기하자면 집회시위를 빼놓을 수 없다. 내가 있던 경기도나 지방은 강성 집회가 그다지 많지 않은 편이다. 반면, 서울 쪽은 강성집회가 꽤 많은 편에 속하는데, 특히 노동절 행사 같은 대규모 집회가 개최되는 경우에는 경기도권뿐만 아니라 전국 각지의 경찰관 기동대가 차출되어 상경하는 모습을 볼 수 있다. 노동절 시위에 차출됐던 때 나는 1열에서 방패를 들고 서 있었다. 대규모 집회 동원은 처음이었는데, 나는 별일이야 있겠냐는 안일한 생각으로 대열에 끼어 있었다. 그런데 웬걸, 시위대가 행렬을 이탈하였다는 것이 아닌가. 그 순간 갑자기 무전이 울렸다. 왕복 8차선 차로를 몸으로 막으라는 것이었다. (물론 교통통제 덕에 차는 다니지 않았다.) 긴장감에 방패를 꼭 쥐고 있던 손은 땀으로 가득 찼다. 그때 저 멀리 언덕에서 시위대의 모습이 나타났다. 시위대는 갑자기 소리를 지르며 우루루 몰려왔고, 내가 잡고 있던 방패 코앞까지 다다랐다. 몇몇 사람이 방패를 발로 차는가 싶더니 시위대의 선봉에 서 있던 사람이 그 사람들을 말리기 시작했다. 그러면서 그가 말했다. "너희들도 시켜서 이러고 서 있는 것 다 알고 있다. 너희들이 무슨 죄냐. 여러분들! 불쌍한 전경들 괴롭히지 맙시다."라고. 스톡홀름 증후군이었을까, 그 사람이 어찌나 고맙게 느껴졌는지 모른다. 솔직히 행진 경로를 이탈한 것은 그 사람들이었는데…

사실 집회 관리라는 것은 돌발행동이 있을 경우, 그러니까 앞에서 말한 것처럼 신고대로 집회가 진행되지 않거나 폭력이나 손괴 등 소요사태가 발생하는 경우를 대비하여

근무를 서는 목적이 크다. 그렇다 보니 집회시위 참여자들의 입장에서는 감시당하는 느낌이 들 수도 있다고 생각한다. 한번은 공무원 노조의 집회에 동원됐던 적이 있다. 공무원연금법 개정과 관련하여 개정 반대의 목소리를 내는 자리였다. 경찰관 기동대라고는 하나 나도 경찰 '공무원'인지라 공무원연금법이 개정되어 연금이 줄어들 것을 생각하니 속이 쓰렸고, 내심 공무원 노조를 응원했다. 다른 집회도 그리고 다른 경찰관들도 마찬가지가 아닐까 싶다.

경찰관도 사람인지라 정치적인 견해나 경제적 이득에 대한 판단이 서로 다를 텐데, 경찰관이라는 이유만으로 자신의 견해나 판단을 드러내지 못한다. 심지어 같은 의견을 가진 사람들의 집회시위를 막기도 한다. 그럴 때면 중립적인 위치에 서 있을 수밖에 없는 나의 존재가 한없이 초라해져 눈시울이 시큰해진 적도 있다.

이렇듯 집회시위 현장에 나와 있는 경찰관들도 자신과 서로 같은 뜻을 가지고 있는 사람일 수도 있다고 한 번 더 생각한다면 과격한 집회시위 문화는 없어지지 않을까.

경찰 수사관 :
이런 것도 고소가 되나요?

수사과 사무실의 문을 열면 흡사 도떼기시장과 같은 풍경이 펼쳐진다. 고소인과 고발인 그리고 그 반대편에 선 피고소인과 피고발인이 내지르는 고성으로 시끌벅적한 곳이 바로 수사과 사무실이다. 수사과라고 하면 뭔가 거창한 느낌으로 다가오지만, 사실상 사기꾼 및 온갖 잡범을 주로 처리하는 부서라고 보면 쉽다.

수사관으로 근무하면서 가장 많이 듣는 질문은 "이런 것도 고소가 되나요"다. 대부분 피해 금액이 적은 사람들이 이런 질문을 많이 한다. 사람들이 오해하는 것이 있는데, 피해 금액이 적으면 경찰관들이 고소를 받아 주지 않는다거나 사건을 중요하게 다루지 않을 것이라 생각하는 것이다. 사실은 그렇지 않다. 첫째, 피해 금액의 많고 적음을 떠나서 피해자가 고소를 하면 수사를 하도록 정해져 있다. 둘째, 경찰 업무에도 일종의 수학 공식 같은 것이 있다. 사기 사건으로 예를 들자면, 고소를 당한 사람(피고소인)의 ① 변제 능력, ② 변제 의사 등은 반드시 확인하고 사건을 처리해야 되는 것처럼 말이다. 그러니까 피해 금액이 적은 사건이라고 해서 대충 처리할 수 있는 것은 아니다.

　내가 맡았던 가장 적은 금액의 사기 사건은 1만 5천 원짜리 사기 사건이었다. 피해자가 대형마트 무인 결제 기계에 카드를 꽂아 둔 것을 잊어버린 채 밖에 나간 사이, 다른 사람이 피해자의 카드를 사용한 사건이었다. 빼앗긴 1만 5천 원을 찾기 위해 아무 일도 못 하고 꼬박 이틀 동안 CCTV만 본 끝에 결국 피해자의 카드를 사용한 사람을 찾아냈다. 사람 마음이 참 간사하다. 처음에는 내 돈 1만 5천 원을 피해자한테 드리고, 다음부터는 조심하시라고, 그러니까 이번 사건은 좀 취하해 달라고 하고 싶었다. 그 당시 내가 처리해야 할 사건만 해도 거의 50건에 달했기 때문에 소액 사건으로 CCTV를 보며 허비하는 시간이 아까웠기 때문이다. 그래도 어쩌겠나. 사건이 접수됐으면 내 기분이야 어떻든 처리해야 하는 게 수사관의 운명인 것을. 그런데 막상 추적해서 잡고 나니까 기분은 좋았다(피의자를 추적하는 일은 정말 재밌다. 마치 탐정 놀이 같다고나 할까).

솔직히 공무원이자 경찰관인 사람으로서 그러면 안 되겠지만, 마음이란 게 참 간사해서 맡은 일의 가성비를 따지게 된다. 속으로 궁시렁거리기도 한다. 하지만 고소하는 사람 입장에서 신경 쓸 바 아니다. 그러니 '이런 것도 고소가 되나요'라고 생각하지 말고 편하게 고소하러 수사과에 방문하시면 된다.

파출소 순경 vs.
경찰서 형사

드라마 <동백꽃 필 무렵> 주인공 '황용식'은 옹산파출소 소속 순경으로 직진밖에 모르는 로맨티스트다. 극 중 황용식이 좋아하는 '동백'이는 연쇄살인마 '까불이'를 목격한 유일한 목격자로, 까불이로부터 목숨의 위협을 받는다. 파출소 순경 황용식이 동백이를 지키기 위해 연쇄살인마를 잡는다는 설정, 실제로 가능할까?

형사는 파출소 경찰관보다 높은 사람이라거나 엘리트라서 그 자리에 있다고 생각하는 사람들이 있다. 파출소에 근무하는 경찰관과 경찰서에 근무하는 경찰관은 직무가 다를 뿐이지 직급(계급체계)이 다른 것은 아니다. 그리고 같은 경찰서 내에는 각 조직(과) 간의 상하관계가 존재하지 않는다. 쉽게 비유하자면, 일반 기업의 국내영업팀과 해외영업팀 정도의 차이 정도다.

파출소에서 피의자를 검거하면 검거 관련 서류를 만들어 피의자와 함께 경찰서에 인계한다. 형사과에는 '데스크'라 불리는 선임급 형사가 있는데, 이들은 파출소 경찰관이 가져온 검거 관련 서류들을 검토한다. 내가 초임이던 5년 전만 해도 이들의 갑질이 장난이 아니었다. 바빠 죽겠는데 토씨 하나하나를 살펴 가며 이 문구가 맞냐, 아니냐를 따지는 것은 양반이고, 즉결심판으로 보내면 되지 엄한 사람을 잡아왔냐며 피의자 앞에서 면박을 주던 악질 선배도 있었다. 그러나 갑질이 사회의 화두가 되고 경찰의 인적 물갈이가 많이 된 지금 그런 풍조는 찾아보기 어려워졌다. 그렇기에 드라마에서처럼 형사들이 파출소 경찰관에게 일을 시키는 장면은 재미를 위한 연출이라고 볼 수 있다. 물론 검문검색 등 일종의 업무 협조를 요청하긴 하지만 이때도 대등한 위치에서 업무를 주고받는다.

용식이는 CCTV 수사를 하던 중 살인 사건 현장에 동백이의 엄마가 있었던 사실을 알아내기도 하고, 까불이를 목격한 목격자들을 찾아내기도 한다. CCTV를 보는 것은 파출소 경찰관들이나 사건 담당자(형사, 수사관)들이나 누구든 할 수 있는 범위의 업무이기 때문에, 현장에 먼저 출동한 파출소 경찰관들이 CCTV를 수집해 주기도 한다. 실제로 파출소 경찰관들이 현장에서 재빨리 CCTV 수사를 해 사건 담당 형사들보다 먼저 범인을 잡는 경우도 있다. 즉 어떤 부서가 더 낫다고 판단할 수 없고, 상호 간의 능력 차이도 없다.

영화 <청년경찰>이 입소문을 타고 흥행을 하던 때, 경찰 내부망에 이 영화를 비판하는 글 하나가 올라왔다. 영화에서 주인공이 파출소 경찰관에게 찾아가 도움을 요청하자 파출소 경찰관이 절차를 따지다 이상한 몰골을 한 주인공들을 체포했고, 그 사이 범인들이 도망가고 심지어 피해자까지 사라져 버린 장면이 있었는데, 파출소 경찰관의 어리바리한 모습에 관객들은 박장대소했을지 몰라도 파출소 경찰관이었던 자신만은 웃을 수 없었다는 글이었다.

  아무리 재미나 극적인 상황을 위해 연출된 모습일지라
도, 자신이 소중히 여기는 일이 우스꽝스럽게 그려지는 것
은 당사자에게 상처가 될 수 있다. 따라서 영화나 드라마에
서 파출소, 지구대 경찰관들을 우스꽝스럽게 표현해서 경
찰관들의 사기를 떨어뜨리는 일은 지양되었으면 한다.

월급날 :
매월 20일을 기다리는 이유

솔직히 일이 좋아서 회사에 출근하는 사람이 이 세상에 몇이나 될까. 나는 한 달에 20일은 출근하기가 싫다. 사실 사명감과 출근은 별개의 문제다. 그렇다 보니 나는 매월 20일만 기다린다. 매월 20일은 월급이 들어오는 날이기 때문이다. 경찰도 똑같은 직장인이다. 적어도 나는 월급날을 기다리며 하루하루를 버틴다. 지금부터 할 이야기는 공무원의 월급에 대한 것이다.

경찰공무원은 일반적으로 행정직 공무원보다 근무시간

이 길고, 갑자기 소집되거나 야근을 해야 하는 경우가 잦다. 일부 내근부서는 자의 반 타의 반으로 잔업을 하는 날도 많다. 경리부서는 회계 마감이 가까워지면 야근을 밥 먹듯이 하고, 수사과는 사건이 터지면 어쩔 수 없이 야근을 하기도 한다. 내근부서는 월 67시간 이상 초과근무를 할 수가 없는데, 피치 못하게 67시간을 넘기는 경우에는 무료 봉사를 하게 된다. 여하튼 초과근무가 많다 보니 같은 호봉의 일반직 공무원과 비교했을 때 월급 차이가 꽤 많이 난다. 이 때문에 경찰은 월급이 많다는 오해를 많이 받는다. 단지 일한 만큼 받는 것일 뿐인데도 말이다.

경찰은 1년에 두 번 명절휴가비와 한 번의 성과금이 나온다. 일반 회사와 비교하자면 보너스 같은 느낌이다. 명절휴가비는 본봉의 60퍼센트가 지급된다. 5년차 경사인 내 기준으로 약 100만 원 조금 넘는 금액이 들어온다. 나름 쏠쏠한 금액이다. 요즘은 명절휴가비를 주지 않는 회사도 많다는 이야기를 들었는데, 명절휴가비는 공무원 조직의 나름 장점이라고 할 수도 있겠다. 성과금은 매년 3월쯤 부서평가 또는 개인평가에 따라 다르게 지급되는데, 본봉의 80퍼센트에서 최대 200퍼센트까지 지급된다. 그러나 지급률의 변동이 심해 실제로 지급되는 금액은 이에 미치지 못할 때가 대부분이다. 그래도 매월 20일뿐만 아니라 매년 명절과 3월이 기다려지는 건 어쩔 수 없다.

공무원 월급의 단점은 높은 공제액이다. 내 연봉은 4,200만 원 정도이지만 매년 공제가 800만 원이 넘어간다. 공제의 대부분을 공무원 퇴직연금이 차지하고 있다. 매달 약 30만 원씩 공무원연금이 빠져나가는데 슬픈 현실은 공무원연금법안 개정으로 점차 지급 금액이 줄고 있다는 것이다. 경찰의 평균 수명이 약 64세 정도라고 하니, 재수 없으면 받지도 못하고 죽을 수도 있다. 심지어 전세대출 등을 받을 때는 세전 연봉으로 따지기 때문에, 공제가 많이 되면 많이 될수록 받는 임금이 적은데도 대출 금리 등에서는 높은 연봉의 불이익을 감수해야 한다. 개인적인 생각으로는 연금 납부를 선택할 수만 있다면 연금이 아닌 목돈으로 모으고 싶은 마음이다.

그렇지만 경찰은 국가공무원이다 보니 나라가 망하지

않는 한 월급은 꼬박꼬박 지급되고, 큰 사고를 치지 않는 이상 정년까지 보장된다. 그렇기에 자신의 업무만 잘 처리하면 이른바 '마이웨이' 생활이 가능하다. 물론 여전히 이런 직원을 조직에 적응하지 못하는 사람으로 보는 사람들이 많고, 서로 협조가 필요한 업무가 많아 싫은 사람과도 좋은 관계를 유지해야 한다. 하지만 할 수 없는 일은 할 수 없다고 말하고, 쓸데없는 야근이 싫어 '칼퇴근'을 하면서도, 잘릴 걱정을 하지 않아도 된다는 점은 굉장한 메리트가 아닐까.

꿀 보직이
있을까

문득 다른 사람의 떡이 더 맛있어 보일 때가 있다. 이미 맛본 떡일지라도 다른 사람이 들고 있으면 왠지 더 맛있어 보인다. 내 손에 없어서일까.

초임 시절 파출소에 근무할 때에는 경찰서에 근무하는 사람들이 너무 편해 보였다. 더운 날에는 시원한 에어컨 밑에서, 추운 날에는 따뜻한 히터 옆에서 근무하는 그들이 그렇게 부러울 수 없었다. 그래서 그런지 괜히 내근부서로부터 협조 요청이나 지시가 내려오면 "현장 상황도 모르는 것들이 이상한 지시만 내린다"고 뒷담화한 적도 있다. 112 신고를 처리하고 있는 이 현장이 바로 우리 경찰의 최전선이며, 그 현장에 서 있는 나야말로 경찰의 가장 중요한 임무를 맡고 있다고 치기 어린 생각을 했던 것이다.

순경 고참이 되면서 처음으로 내근부서에서 근무하게 됐다. 경리와 복지 업무를 맡았는데, 부지불식간에 나 혼자 백여 명의 월급과 식사, 청사관리를 책임지게 됐다. 매일 해야 할 업무량은 정해져 있는데 '월급이 덜 들어왔다', '왜 오늘은 식대가 지급되지 않냐', '화장실이 망가졌다' 등 매일매일 새로운 내부 민원이 들어왔다. 내부 민원을 처리하다 보면 내 할 일이 쌓여 버렸고, 어쩔 수 없이 야근을 해야 했다. 내가 내 본연의 업무를 처리하지 않으면 당장 직원들의 식사가 끊긴다거나, 초과근무 수당이 지급되지 않는 경우가 발생하기 때문이다. 정말 발이 닳도록 뛰어다녔음에도 선배들에게서 '경리만큼 편한 자리가 어딨냐'는 비아냥을 들어야 했다. 솔직히 나도 경리가 편한 자리인 줄알고 지원했던 것이지만 막상 해 보니 바쁘기도 바쁠뿐더러 책임질 거리도 많아 부담이 큰 자리였다.

파출소 근무 당시 내가 가장 싫어했던 부서는 바로 수사과였다. 피의자를 인계하거나 범죄 발생보고를 보내면 추가로 요구하는 서류가 뭐가 그렇게 많은지, 서류에서 뭐가 빠졌느니, 도장이 덜 찍혔느니 하면서 근무가 끝나고 불려가기 일쑤였다. 솔직한 마음으로 매일 자리에 앉아 고소, 고발만 처리하면서, 자기들이 잠깐 파출소로 왔다 가면 안 되나 하고 생각했었다. 하지만 수사관 4년차가 된 지금, 어느새 나도 파출소 경찰관들에게 이것저것을 부탁하고 있다. 앉아만 있다고 바쁘지 않은 것이 아니라, 업무에 치여 밖으로 나갈 틈이 없던 것이었다.

경찰 선배들 중에 자기가 해 보지 않은 일을 하찮은 일 내지 비중이 없는 일이라고 치부하는 사람들이 많다. 경찰도 회사와 똑같다. 모든 업무가 톱니바퀴처럼 맞물려 돌아가면서 경찰이라는 조직이 돌아가고 있다. 어느 하나의 톱니바퀴가 빠진다면 경찰 조직은 무너져 버리고 말 것이다. 짧지만 이곳저곳 돌아다니며 내가 겪어 본 바로는 경찰 조직의 모든 곳이 치안의 최전선이었다.

경찰관이지
히어로가 아닙니다

"경찰 일, 위험하지 않아요?"

직업이 경찰관이라고 소개하면 가장 많이 듣는 질문이다.

수사관이나 형사는 내가 추적하고자 하는 피의자의 범죄 경력을 확인할 수 있다. 범죄 경력이라는 것은 쉽게 말해 전과로, 범죄 경력이 있는 경우 어떤 범죄를 저질렀는지, 수법은 어떻게 되는지, 흉기를 사용하는 범죄를 저지른 적이 있는지 등을 확인할 수 있다. 또 피의자를 검거하기 전 며칠에 걸쳐 동향을 파악하는 경우도 있어 피의자

주변에 체포에 방해될 만한 사항 등도 먼저 판단할 수 있다. 이렇듯 수사관이나 형사로서 강력범이나 사기꾼을 추적하고 검거한 경우, 범인의 성향이나 전과 등을 확인하고, 충분한 인력과 장비를 갖추고 대비하기 때문에 비교적 위험한 일을 많이 겪지 않았던 것 같다.

이에 반해 지구대나 파출소에서 근무하는 현장 경찰관이 긴급한 112 신고 출동을 나가는 경우에는 정확한 현장 상황을 알지 못한 채 도착하는 경우가 대부분이므로 알 수 없는 위험에 무방비로 노출된다. 현장에 출동해 보니 피의자가 사제 총기를 가지고 있어 무방비 상태로 총격을 당해 순직하기도 하고, 갑작스러운 흉기 피습에 속수무책으로 당하기도 한다.

위험한 일은 몇 차례 접하지 못 했다 뿐이지, 짧은 경찰 생활 동안 위험할 수도 있는 일은 수도 없이 겪었다. 솔직히 말하면 경찰 생활은 위험의 연속이다. 그 위험이 나에게 언제 찾아올지 모른다는 점에서 긴장의 연속이기도 하다. 그렇지만 어쩌겠는가. 공사 현장에서 발을 헛디뎌 목숨을 잃는 건설노동자도 있고, 사무실에서 과로사하는 회사원도 있다. 위험의 종류나 빈도가 다를 뿐 모든 일은 위험을 내포하고 있고, 모두 그러한 위험을 감수하면서 일한다. 사람 저마다의 목숨의 무게는 다르지 않다. 경찰관은 경찰이라는 직업 특성상 더 많은 빈도의 위험을 감수하고 있는 것일 뿐이다.

절단기를 사용하는 공장에서 일용 잡부로 일한 적이 있다. 절단기로 잘린 원단을 걷어 내고 다시 작동 스위치를 누르는 모습을 보고 있노라면 간담이 서늘했다. 뉴스나 드라마에서 공장 기계에 손이 잘리거나 목숨을 잃는 사례를 많이 접했기 때문이리라. 아무렇지 않게 스산한 기계를 다루던 그 사람도 처음엔 그 기계를 무서워하지 않았을까. 하다 보니 이런저런 사정으로 적응을 한 거겠지.

사실 나도 무섭다. 다치는 것도, 죽는 것도. 죽음이 두렵지 않은 사람이 과연 있을까. '내가 다치지 않아야 한 명의 범인이라도 더 잡는다'는 거창한 포부는 없다. 그런 생각은 선민의식이다. 내가 죽는 것도 싫지만 남겨지는 가족을 생각하면 더더욱 죽음이 무섭다. 나는 영웅도 아니고 그저 한 달 한 달 월급만 바라보고 사는 직장인이다. 그럼에도 불구하고 내가 소속된 곳이 남들보다 조금 더 용기가 필요한 직장이기에 나도 조금 더 용기를 내 해야 할 일을 하고 있을 뿐이다.

경찰로서 평범한 사람들보다 조금 더 많은 용기를 내야 할 때가 있다. 난 비행기를 무서워한다. 수억 원의 연봉을 줄 테니 비행기 기장이나 승무원을 하라고 한다 해도 난 단박에 거절할 것이다. 모든 사람은 자신이 감내할 수 있는 범위의 용기를 내며 살아간다. 나도 그렇다. 내가 감당할 수 있는 만큼의 위험, 내가 감당할 수 있는 만큼의 용기를 내며 살아간다. 내가 생각하는 경찰의 용기는 거창한 것이 아니다. 남들이 무서워 뒤로 물러설 때 한 발자국 앞으로 나아갈 수 있는 것. 그 한 발자국의 용기가 남들에게 영웅적인 행동으로 보이기도 한다. 나는 한 발자국 앞으로 발을 내딛으며 속으로 생각한다. "아… 밥값 하기 힘드네."

코로나19와 신천지 :
경찰관도 무섭다

2020년 3월 어느 주말, 긴급 소집 명령이 떨어졌다. 코로나19가 터지고, 신천지 교인들의 집단 감염이 문제되자 관내 거주 중인 신천지 교인들의 코로나 의심 증상을 파악하라는 지시였다. 신천지 교인들에게 의심 증상 유무나 대구·경북 지역 방문 여부를 질문하고, 의심 증상이 있으면 보건소 담당자와 연결시켜 주는 업무였다. 교인들이 전화를 받는다면 대면할 필요가 없었지만, 전화를 받지 않으면 주소지에 찾아가 탐문을 해야 했다. 문제는 우리에게 제공된 방역용품은 마스크 한 장에 불과했다는 점이었다.

설마 하던 일이 벌어졌다. 우리 팀에서 맡은 교인 중 한 명이 도무지 전화를 받지 않아 어쩔 수 없이 대상자의 집을 방문해야 하는 상황이 된 것이다. 차마 집에 어린아이나 노부모님이 있는 직원들을 보낼 수 없었기에, 나를 포함한 젊은 직원들이 자원해서 현장에 나가기로 했다. 비말이 튀는 것을 최대한 막아 보고자 잘 쓰지 않던 안경도 쓰고, 장갑과 마스크를 단단히 착용했다.

　연락을 받지 않던 교인의 집에 도착해 초인종을 누르고 한참을 기다린 끝에 문이 열렸다. 집에 있던 교인은 당연히 마스크를 쓰고 있지 않았다. 나에게 무슨 일로 왔느냐고 묻더니 갑자기 기침을 하는 것이 아닌가. 혹시나 해서 여분으로 챙겨 온 마스크를 건넨 뒤 필요한 질문을 했다. 그는 대구에 간 적은 없지만 감기 기운이 있다고 하기에 빨리 보건소로 가서 코로나 진단 검사를 받을 것을 요구했다. (나중에 알아보니 그는 끝까지 검사를 받지 않았다.)

　진짜 문제는 일주일 뒤에 터졌다. 나한테 감기 기운이 나타난 것이다. 갑자기 내가 만났던 교인, 감기 기운이 있다던 그 남자가 떠올랐고, 재빨리 전화로 팀장님께 보고한 뒤 보건소를 찾아가 PCR 검사를 받았다. 코로나 검사키트가 내 콧속 깊은 곳까지 들어오자 '켁' 소리가 나면서 숨이 막혔다. 문득 '내가 무슨 부귀영화를 누리자고 이 일을 하고 있나' 하는 생각이 들었다. 다행히 검사 결과는 음성이었다.

경찰 생활을 하다 보면 아무런 대책 없이 현장에 투입되는 경우가 종종 있다. 책임감에 떠밀려 현장에 나가기는 하지만 겁이 나고 걱정되는 것은 어쩔 수 없다. 경찰도 사람이니까.

경찰은 아무나 하나 :
당신도 될 수 있다

방황하는 청소년들이 경찰관을 만나면 무슨 질문을 가장 많이 할까?

비행 청소년들이 아파트 정자에서 밤늦게까지 떠들고 있다는 신고를 받았다. 현장에 나가 보니 낯이 익은 학생들이 나를 반겼다. 우리 파출소 관할 지역에서 자주 출몰하는 상습 가출청소년들이었다. 싫은 사람도 자주 보면 미운 정이 든다고, 어느새 이 아이들과 속 얘기를 주고받을 정도로 친해졌다. 하루는 아이들 중 하나가 수줍게 물었다. "저도 형처럼 경찰관이 될 수 있을까요?" 수도 없이 이런 질문을 받았다. 그럴 때마다 나는 언제나 똑같이 대답한다. "공부만 하면 누구든지 다 될 수 있어."

그렇다. 시험에만 합격하면 누구라도 경찰이 될 수 있다. 경찰이 주인공인 드라마나 영화를 보면, 주인공들은 하나같이 드라마틱한 경험을 계기로 경찰관이 된다. 예를 들면 부모의 억울한 죽음을 밝히기 위해서라던지, 부정의한 사회를 단죄하기 위해서라던지… 그렇다 보니 사람들은 경찰이 특별한 사람들만 가질 수 있는 직업이라고 생각한다. 과연 그럴까? 현실은 영화나 드라마와 달리 경찰 조직 역시 평범한 사람들의 집합소다.

경찰시험에 합격하면 교육을 위해 중앙경찰학교라는 곳에 들어간다. 같은 차수에 입교하면 '동기'로 묶여 함께 교육을 받는다. 동기들이 어떤 계기로 경찰이 되기로 결심했는지를 들여다보는 재미가 쏠쏠했는데, 영화처럼 특별한 계기로 경찰관이 된 사람들도 있는 반면, 직업이 안정적이라는 지극히 평범한 이유로 경찰관을 택한 사람도 있었다.

35살이었던 한 동기는 여러 차례 재수 끝에 경찰시험에 합격했다. 그 형의 전 직업은 공인중개사였다. '공인중개사가 웬 경찰을?' 하고 생각하던 차에 형의 얘기를 듣게 됐다. 형은 부동산 분양업계에서 일을 했었는데, 분양 역시 영업이다 보니 돈을 벌기 위해 착한 사람들을 속여 먹는 나쁜 사람들 역시 정말 많았단다. 자기는 그런 사람 중 하나가 되기 싫었다고 한다. 업계에 대한 회의감이 밀려오던 차에 나쁜 사람들을 혼내 줄 수 있는 경찰이라는 직업을 꿈꾸게 되었고, 일과 공부를 병행하며 힘들게 경찰이 되었다고 했다.

반면, 33살이었던 다른 동기는 대기업을 그만두고 경찰이 된 케이스였다. 그 형은 서울에 있는 명문대인 K대학교를 졸업하고 대형 건설사에 다녔다. 연봉도 높고 복지도 좋은 회사였는데, 문제는 야근이 많고 정년이 짧았다. 결혼을 앞두고 업무에 조금 더 여유가 있는 곳으로 이직을 고민하다가, 차라리 공무원을 준비해 보는 게 어떻겠냐는 여자친구의 제안에 여러 공무원 직렬 중 그나마 합격률이 높겠다 싶은 경찰시험을 보게 되었다고 했다.

끓어오르는 정의감에 칠전팔기의 노력으로 경찰이 된 동기들도 있었지만 군인, 물리치료사, 요리사 등 다양한 경력을 가진 사람들이 저마다의 이유로 경찰의 길로 들어선 경우가 압도적으로 많았다. 심지어 다른 공무원 시험을 보기 전에 연습 삼아 본 경찰시험에 덜컥 합격해 그냥저냥 경찰이 된 사람도 있었다.

보통 사람들이 보통의 이유로 경찰이 되는 모습을 보면 경찰도 경찰이기 이전에 사회를 이루는 수많은 직업 중 하나에 불과한 것 같다. 사실 어떤 이유로 경찰이 되었는지가 무엇이 중요할까. 지금 내가 어떤 경찰인지가 중요하지.

정신승리 :
그렇게 경찰관이 된다

피의자를 앞에 앉혀 놓고 심문하다 보면 문득 이런 생각이 든다. 나는 한 줌의 실수 없이 살았는가. 나는 정말 흠 없는 사람인가. 나에게 누군가를 처벌할 자격이 있는가.

조사 중에 살살 약을 올리는 피조사자에게 상욕을 퍼붓거나 욕설을 하는 민원인의 멱살을 잡아채는 상상을 하기도 한다. 내재된 폭력성으로 본다면, 성인군자가 아닌 나는 뼛속까지 경찰관이진 못한 것 같다.

그럴 땐 왠지 모를 양심의 가책을 느낀다. 경찰관인 내가 누군가를 미워해도 되는 건가. 악성 민원인이라 하더라도 경찰서에 찾아왔다는 것은 뭔가 문제가 생겨서 온 사람일 텐데, 내가 마음속으로라도 나쁜 생각을 하면 안 되는 것이 아닐까?

정기적으로 방문하는 정신과 선생님께 이런 내 상황을 말씀드린 적이 있다. 선생님이 말씀하시길, 누군가를 미워하는 것에 죄책감을 갖지 않아도 된다고, 누군가를 미워할 수도, 심지어 해코지를 하고 싶다는 생각을 할 수도 있다고 하셨다. 그런 생각이 행동으로 표현되지만 않으면 된다고 위로해 주셨다(물론 화를 참는 데 도움이 되는 몇 가지 약도 처방해 주셨다).

그래서 나는 이중인격 경찰관으로 살기로 했다. 내가 경찰관이라고 해서, 내가 '정의의 편'이라고 생각하지 않는다. 나도 다른 경찰관들도 '사람'인 이상 실수할 수 있다. 과거의 그림자가 있을 수 있다. 그저 회사원인 나는 내 직장생활을 통해 정의로운 사회를 만들고자 하는 사람 중 하나일 뿐이다. 완벽한 '나'가 없는 것처럼 완벽한 '경찰'은 없다. 나라는 경찰관은 도덕적인 사람은 아니지만 도덕적이고자 노력하는 사람일 뿐이다.

그래서 나는 출근해서는 경찰관의 자아로, 퇴근 후에는 '나'의 모습 그대로 살기로 했다. 물론 범죄를 저지른다거나 방탕하게 살겠다는 것이 아니다. 퇴근하고 맥주 한잔하며, 일할 때 미웠던 사람이 있다면 아내나 친구한테 험담도 좀 하면서 충분히 미워하려고 한다. 그렇다 해서 업무적으로 차별을 두겠다는 것은 아니다. 출근했을 때는 완벽한 경찰관의 모습으로 돌아갈 것이니까. 즉, 나는 나를 위해 이중인격으로 그리고 가식적으로 살기로 했다.

2장

경찰이어서
고민합니다

고소
고발

　내가 신임 경찰관일 때 가장 많이 저질렀던 실수는 신고자나 고소인들의 말이 전부 사실이라고 예단했던 것이다.

　한 노인이 경찰서에 찾아왔다. 그는 시청 공무원들이 건물주의 청탁을 받고 건물의 용도변경 허가를 해주는 바람에 자신이 계약한 상가를 음식점으로 사용할 수 없게 됐다고 했다. 인테리어까지 다 해놨던 식당의 영업허가가 나오지 않아 식당 영업을 하지 못해 막대한 손해를 입었다며 관련 공무원들을 직권남용권리행사 방해 등 혐의로 고소했다.

그 노인의 이야기만 들어 보면 건물주와 시청 공무원들이 공문서까지 위조해 가며 부당하게 용도변경 허가를 내준 것 같았다. 당장 시청 공무원들을 소환해 조사를 시작했다.

조사를 해보니 노인은 해당 건물 1층 상가 2개를 임차해 정육점 식당을 차려 운영했다. 문제는 임차한 상가 2개 중 한 곳이 정육점은 가능하지만 식당으로는 사용할 수 없는 장소였다. 노인은 정육점만 가능한 공간 일부를 식당으로 사용했고, 그 결과 시청 위생 단속에 걸려 영업정지를 당해 식당 문을 닫게 된 것이다. 용도변경 허가가 있었던 것은 사실이었지만 정상적인 절차를 거쳤으며, 심지어 그 허가도 노인의 식당 운영에 아무런 영향을 주지 않는 것이었다.

알고 보니 노인은 자신이 건물주를 상대로 낸 민사(손해배상) 소송에서 패소하자, 그 건물 허가와 관련된 공무원들을 전부 고소한 것이었다.

노인의 진술을 믿고 수사에 착수했던 만큼 그 사람이 나를 속였다는 생각에 배신감과 분노를 느꼈다. 나는 0점짜리 수사관이었다.

사람들은 자신의 억울함을 해결하기 위해 고소한다. 그 노인 역시 자기 나름의 확신을 갖고 건물주와 공무원들을 고소한 것이지 나를 속이려거나 누굴 무고하려 했던 것은 아니다. 다만 고소인의 말이 전부 사실일 순 없다.

그러나 고소인의 억울함 만큼은 전부 사실이다. 따라서 경찰관은 피해자의 말에 공감하되 동화되어선 안된다. 사건 당시 나는 그 노인의 말에 동화되어 객관성을 잃어 버렸다. 사실 그 노인에게 배신감도 분노도 느낄 필요가 없었다.

'신고자(고소인, 진정인) = 피해자'라고 생각하는 것은 선입견이다. 이런 경우 공정성에 문제가 생긴다.

'억울함'은 감정이다. 감정의 문제와 사실의 문제는 다르다.

경찰은 사람들의 억울함을 해결해 주는 역할을 해야 하지만, 그 과정에서 다른 억울한 사람을 만들면 안 된다. 그렇기에 경찰관은 중립적인 태도를 갖고 객관적으로 사건을 들여다봐야 한다.

지금 나는 고소인이나 신고자의 이야기를 있는 그대로

들어주려고 노력한다. 그러나 그 이야기가 전부 진실이라고 믿진 않는다.

 사건 종결 한 달 뒤에 그 노인은 내가 일부러 봐주기 수사를 했다며 나를 고발했다. 무혐의 처분을 받긴 했지만 사람의 한이라는 게 정말 무섭다고 느낀 순간이었다. 이런 경험이 쌓이고 쌓인 선배들은 피해자의 말을 곧이곧대로 믿지 않는다. 피해자의 말을 듣고 사실 여부를 확인할 뿐이다. 그렇다 보니 피해자에게 이것저것 물어보며 사실을 확인하는 과정에서 피해자가 경찰이 자신의 편을 들어주지 않는다거나 자신을 의심하는 것으로 오해하는 경우가 많다. 그러나 이런 경찰관들이야말로 꼼꼼한 수사관이니 너무 기분 나빠하지 않았으면 한다. (물론 아무런 이유 없이 까칠한 경찰관들도 있다. 그런 경찰관을 만난 경험이 있는 사람들에게 이 글로나마 대신 사과드린다.)

．
．

여경과
남경

　며칠 전 옆자리 여자 후배에게 전화 한 통이 걸려 왔다. 자기 사건 담당 수사관이 어린 여경이라 못 믿겠으니 다른 남자 수사관으로 교체해 달라는 민원이었다. 결국에 같은 팀 남자 수사관인 나에게로 사건이 배당됐다. 사실 수사 경험만으로 따지자면 옆자리 후배가 나보다 베테랑이었다. 외부적인 시선에서 여경이 어떤 모습으로 비춰지는지 체감할 수 있었던 경험이었다.

　사실 외부에서만 여경을 불안한 시선으로 보는 것은 아

니다. "여경하고 근무하면 어때?" 여경과 같이 근무해 본 경찰관이라면 한 번쯤은 들어봤을 질문이다. 내가 유별나게 불편함을 느끼는 것인지 모르겠는데, 이런 질문을 들으면 상당히 불쾌하다. 여경이랑 일하면 힘들 것이라는 편견이 저변에 깔린 질문이기 때문이다. 여하튼 경찰 내부에서도 여경은 같이 일하기 불안하고 어려운 존재라는 인식이 여전히 존재한다.

그러나 실제로 여경과 같이 근무해 본 경험으로는 그러한 걱정은 전부 기우였다. 자기보다 덩치가 큰 피의자를 보고도 겁먹지 않고 적극적으로 달려드는 여자 후배도 있는 반면, 같이 폭행 현장에 나갔음에도 불구하고 뒷짐을 지고 멀찌감치 서 있는 남자 선배들도 있었다. 즉 같은 조원으로 함께 일하는 데 중요한 것은 성별이 아니라 업무의 적극성이나 능력이었다.

수원시 팔달구 인계동은 술집이 즐비한 유흥의 메카로, 인계동을 관할하는 인계파출소는 업무 강도가 상당히 높기로 유명하다. 하루는 이 인계파출소 관할 술집에 폭행

시비가 벌어졌다는 신고가 들어왔다. 가장 먼저 도착한 순찰차에는 내 동기였던 남경과 그의 조원이었던 여경이 타고 있었다. 내 동기가 눈앞에 벌어진 상황을 어떻게 정리할지 고민하던 찰나, 여경이 앞으로 튀어 나가 단숨에 한 명을 제압했다. 물론 이 여경이 무도 특채 경찰관이라는 특수성이 있기는 했다. 하지만 남경 못지않게 신체적 능력이나 무도 실력이 출중한 여경들도 상당히 많다는 것을 보여 주는 사례이기도 하다.

아직도 내외부적으로 여경과 남경을 대립 구도로 보는 경향이 없지 않아 있다. 여경은 차별을 받는다고 생각하고, 남경은 여경을 우대해 주기 때문에 역차별을 받고 있다고 생각하기 때문이다. 그러나 이러한 생각은 서로를 갉아 먹는 행위에 불과하다. 남경과 여경이 어디 따로 있을까. 하는 일이 같으면 다 같은 경찰관일 뿐이지.

전관
예우

"내가 전직*인데 말이야…"

전직경찰관이 고소장을 제출하며 말끝을 흐렸다. 나는 생각했다. '그래서 어쩌라고.' 이 사람이 전직경찰관이라는 사실을 나에게 말한 것은 일종의 '친절'을 바란 것이다. 그 '친절'은 커피 한 잔일 수도, 자신에게 유리한 쪽으로 수사를 해 달라는 것일 수도 있다. 나는 후자의 의미가 가득 찬 말이었다고 확신한다. 왜냐하면 자신이 원하는 방향으로

---

* 여기서 '전직'이란 경찰관 생활을 하다 퇴직한 '전직경찰관'을 말한다.

사건 수사가 진행되지 않자 검사에게 경찰 수사가 형편없이 진행되고 있으니 적의조치를 취해 달라며 민원성 고소장을 접수했기 때문이다.

'전관예우'란 전직 관리에 대한 예우를 말한다. 경찰은 판검사와 달리 퇴직 후 변호사 개업 등 유관 업무를 맡지 못하기 때문에 '전관예우'에서 비교적 자유로운 편이다. 그럼에도 불구하고 사소한 부분에서 '전관예우'를 요구하는 사람들이 종종 있다. 앞에서 말한 퇴직 경찰관은 양반인 편이다. 심지어 교통단속 중에도 자신이 '전직경찰관'이니 한 번만 봐 달라고 하는 경우도 있었다. 너무 당당해서 되려 당황스러웠다.

나는 학벌도 좋지 않고, 친인척 중에 높은 사람이 있다거나 지역에 아는 사람이 많은 것도 아니다. 그래서 열등감이 있는 건지 몰라도, 학연, 지연, 혈연 등 연고주의가 없어져야 한다고 생각하는 사람 중 하나다. 그래서 그런지 선배라고 더 잘 봐 달라고 하는 경우 더 공정하고 엄격하게 수사나 단속을 하곤 한다. 아마 같은 직업을 가졌던 선배들 입장에서는 서운할 수도 있다. 그러나 나 역시 언젠가는 경찰 조직에서 퇴직하겠지만, 경찰이었다는 이유로 후배들에게 민폐를 끼치고 싶지는 않다. 아니, 퇴직하게 된다면 경찰과는 엮이고 싶지 않다. 좋지 않은 일로 말이다.

정장과
반바지

　내 아내는 스타트업 회사에 다닌다. 스타트업이라 근무
환경이 자유롭다. 특히 복장 부분에 있어서 굉장히 자유로
운데, 남자들도 반바지에 슬리퍼를 신고 출근한다는 소리
를 듣고 적잖은 충격을 받았더랬다.

　내가 처음 수사과에 들어갔을 당시, 과장님은 수사관이
깔끔하게 차려입어야 민원인들로부터 무시를 당하지 않
는다면서 수사과 직원들에게 정장을 입고 다니도록 강요
했다. 심지어 티셔츠를 입은 직원들에게 깔끔하게 좀 입고

다니라고 훈계를 하기도 했다. 지금 생각해 보면 티셔츠를 입고 다니는 게 그렇게까지 혼날 일이었나 싶기도 하다.

이런 경험 때문인지 출근할 때 꼭 셔츠를 입어야 한다는 고정관념이 생겼다. 고정관념이 참 무섭다. 후배 직원들이 편한 티셔츠를 입고 출근하면 괜히 입이 간질간질거리는 것은 내가 '꼰대'가 되어가고 있다는 의미겠지. 아무튼 나는 평일 출근룩에 대한 보상심리로 주말에는 꼭 편한 청바지와 박스티를 즐겨 입는다.

솔직히 더운 여름에도 와이셔츠나 정장을 입고 근무하는 것은 굉장히 비효율적이다. 더위와 불편함은 업무 능률도 떨어뜨린다. 그래서 그런지 최근 여러 기업들에서 직원들의 옷차림에 대하여 통제를 완화한 것 같다. 아내에게 자세한 이유를 물어보니 자기네 회사에서는 창의력을 중시하기 때문에 개인의 정체성을 표현할 수 있는 복장에 대해 신경을 쓰지 않는 것이라고 했다.

경찰, 특히 수사관에게도 창의력은 가장 중요한 자질 중 하나다. 모든 가능성을 열어 두고 다양한 증거를 찾고 조합해 실체적 진실을 밝혀내야 하기 때문이다. 내가 너무 공무원 생활에 회의적이기 때문일지는 몰라도, 복장 규정을 하나 바꾼다고 없던 창의력이 생긴다거나 조직문화가 혁신적으로 개선되지는 않을 것이다. 그럼에도 불구하고 획일적인 복장을 강요하는 것과 같은 관료제 특유의 수직적인 문화가 조금이라도 옅어진다면, 수사관 개개인이 개성을 살려 창의적인 수사를 할 수 있지 않을까 하고 생각해 본다.

나는 언제쯤 반바지를 입고 출근할 수 있을까. (사실 멋있는 옷, 편한 옷을 입고 출근하고 싶은 마음에 합리화를 해봤다는 것은 비밀이다.)

경찰'관'이
되고 싶어

　사실 나는 경찰관이 아니다.

　이게 무슨 소리냐 싶겠지만 법적으로 나는 경찰'관'이 아
니다. 현행법상 순경부터 경사는 '경찰리'라고 부르고 경위
부터 그 이상 계급을 '경찰관'이라고 부른다. 경찰'관'과 경
찰'리'는 영장신청권한 등 수사 절차상 복잡한 권한의 문
제 때문에 나눠 놓은 것 같지만, 실상 간부와 비간부를 나
누는 척도로 이용된다. 경찰'관'은 간부, 경찰'리'는 실무
자다.

'무궁화만 달면 사람이 이상해진다'라는 말이 있다. 순경부터 경사는 계급장이 무궁화 봉우리이고 경위부터 계급장이 무궁화꽃으로 바뀐다고 해서, 경위 승진을 무궁화 꽃이 피었다고 말하기도 한다. 즉, 실무자였던 사람이 간부가 되면서 갑자기 갑질을 하는 등 이상해지는 경우를 빗댄 말이다.

시보순경 시절 기동대에서 근무했었는데, 기동대는 여섯 명의 순경 팀원과 한 명의 경위 팀장으로 구성된다. 기동대 팀원의 경우 대부분 시보순경이고, 시보순경은 말 그대로 '시보'이기 때문에 인사평정에 따라 정규직으로 채용이 되지 않을 수도 있다. 그렇다 보니 팀장의 인사권이 어느 부서보다 강력했고, 그래서 그런지 팀장이 하는 말은 거의 절대적이었다. 갑작스러운 회식에도 무조건 참석해야 했고, 점심식사 장소를 섭외해 놓지 않았다고 길바닥에서 윽박을 들어야만 했다. 아무튼 그의 갑질이 극에 달할 때쯤, 다른 직원으로부터 팀장의 과거 얘기를 들었다. 그가 실무자였던 시절에는 선배들에게 잘하기로 정평이 나 있었고, 업무도 곧잘 했다는 것이다. 계급이 사람을 바꾸는 것일까, 원래 그런 사람이 계급이 바뀜으로써 본성을 드러내는 것일까 하는 고민을 하게 만들었다.

나도 간부가 되면 변할까. 사실 내가 간부가 되고 싶은 이유에는 별게 없다. 하는 일은 지금도 만족하지만 조직사회에서 조금 더 당당해지고 싶어서다. 갑질을 하고 싶어서가 아니라, 갑질을 당하지 않기 위해서 간부가 되려는 마음이 더 크다.

라떼는 말이야 :
순사는 살아있다

"옛날 같았으면 술 취해서 저 지랄하면 차에 실어다 산에 버리고 왔는데."

주취자 처리를 하고 있던 와중에 조장이었던 노(老) 선배가 내뱉은 말이다. 그 선배는 1988년 입사한 무도 특채. 이른바 '백골단' 출신이었다. 순찰 근무 중 선배는 자신의 무용담을 자주 들려주었다. '청카바'를 입고 시위대에게 날아 차기를 날린 이야기부터 진상 피우는 피의자를 데리고 나가 죽도록 때렸다는 이야기까지. 시대의 변화를 받아들인 선배는 이제 손보다는 말이 앞서는 경찰이 되었지만,

말보다 손이 앞섰던 호(?)시절 자랑스러웠던 과거를 가슴에 품고 있다. '요즘' 경찰 입장에서 '옛날' 경찰 이야기를 들으면 사이다를 마시는 것 같으면서도 끈적거리는 무언가가 목에 남아 있는 느낌이 든다. 과거 많은 경찰관이 공권력을 손에 쥐고 마음대로 휘둘렀던 죄로 공권력을 빼앗겨 버린 지금. 과거의 원죄로 '견찰'이라는 조롱을 묵묵히 견디고 있는 '요즘' 경찰관으로서, 나는 과거를 부끄러워하지 않고 현재에 책임감을 느끼지 않는 그 선배를 어떻게 받아들여야 하는가. 그 선배는 변화를 받아들인 것인가 아니면 또 다른 변화를 기다리고 있는 것인가. 선배를 볼 때마다 복잡한 마음만 더해 간다.

시대의 흐름에 따라 모든 것은 변한다. 조직도 그렇다. 그러나 그 조직 안에서 변화를 받아들이지 못하는 사람들이 있기 마련이다. 그런 사람들을 어떻게 변화로 이끌 것인가. 또 어떻게 새로운 흐름을 받아들이게 할 것인가.

조직행동론에서 '장이론'으로 유명한 사회심리학자 쿠르트 레빈은 어떤 사고방식이나 행동 양식이 정착되어 있는 조직은 '해동-혼란-재동결'의 과정을 거쳐 변화한다고 주장했다. '해동(unfreezing)'이란 지금까지의 사고방식이나 행동 양식을 바꿔야 한다는 현실을 자각하고 변화를 준비하는 과정이고, '혼란(moving)'이란 기존에 갖고 있던 견해와 사고, 또는 제도와 프로세스가 불필요해지면서 오는 혼란과 고통을 말한다. '재동결(refreezing)'이란 새로운 관점과 사고가 결실을 이루어 새로운 시스템에 적응하는 단계를 말한다.

야마구치 슈는 자신의 저서 《철학은 어떻게 삶의 무기가 되는가》에서 레빈의 프로세스가 '해동'에서 시작되는 점에 주목해야 하고, 이때 '해동'이라는 것은 바로 '끝낸다'라는 의미를 담고 있다고 설명한다. 그러면서 새로운 것을 시작할 때 가장 먼저 해야 할 일은 '시작'에 초점을 맞추는 것이 아니라, 지금까지의 방식을 '잊는' 것, 즉 이전 방식에 '종지부를 찍는 일'이라고 이야기한다.

어쩌면 우리 경찰은 급변했던 국내 정세 속에서 충분한 '해동' 시간을 갖지 못한 채 엄청난 개혁을 겪었고, 이 과정에서 '혼란'의 시기가 길어진 것은 아닐까. 압도적인 힘의 우위로 국민 위에 군림하며 수많은 잘못을 저질렀던 1980~1990년대 경찰 조직을 두고 그 시절 경찰을 두둔할 사람은 거의 없을 것이다. 현재 일선 경찰간부들의 대부분이 경찰이 막강한 공권력을 자랑하던 그 시대를 경험한 사람들이다. 이들 중 그 시대를 정말로 '끝낸' 사람이 얼마나 될까. 선배는 아직도 그 시절을 추억하며 그런 시기가 다시 돌아오지 않을까 하는 기대를 품고, 하루하루를 버티고 있는 것은 아닐까. 물론 그들의 희생과 노고를 무시하는 발언은 아니다. 다만 과거의 영광에 사로잡혀 과거로의 회귀를 꿈꾸는 것은 군국주의 시절로 돌아가고자 하는 한 나라와 다를 바 있을까.

　과거를 완전히 끊어내지 못한 지금. 사람들을 공포에 떨게 했던 '순사'는 여전히 살아있다.

펜을 놓을 수 없는
직장

'교, 순, 소(교정직 공무원, 순경, 소방공무원의 준말)'

흔히 경찰을 이른바 공무원의 최하위 등급이라고 표현한다. '몸' 쓰는 일이라서 그런 것일까 아니면 '합격 커트라인'이 낮아서 그렇게 불리는 것일까. 여하튼 둘 다 맞는 말인 것 같기에 굳이 비교할 필요는 없을 것 같다. 경찰 시험의 합격 커트라인이 여타 공무원 시험보다 낮은 것은 사실이다. 나도 그런 점을 이용해 이 직장에 들어왔으니 말이다. 각설하고 나는 경찰 시험에 합격하고 난 뒤 '내 인생에더는 공부는 없다'라고 다짐했다. 그러나 즐거운 교육생

시절을 거쳐 일선에 처음 배치되자마자 생각했다. '내가 발을 잘못 들였구나…'

사회의 가장 낮고 어두운 곳에서, 가장 낮고 어두운 사람들을 매일 접하는 일은 신체적뿐만 아니라 정신적으로도 스트레스가 장난이 아니었다. 그들은 경찰보다 법을 더 잘 알고 이용해 먹는 사람들이다. 그러므로 경찰이 무엇을 무서워하는지, 어떤 것에 취약한지 정확히 알고 있다. 그들은 '인권'과 '절차'를 무기로, 경찰의 사소한 실수 하나라도 찾아내기 위해 눈에 불을 켠다. 한 번의 실수는 고소장으로 또는 징계회부라는 비수로 경찰관의 가슴에 꽂는다. 현실은 교과서와 달리 법적으로 애매모호한 상황의 연속이었고, 현장에서 살아남기 위해선 빠르고 정확하게 판단하는 능력이 필요했다.

그러나 그런 능력이라는 것이 공부하기 어려운 것은 차치하고라도 실제로 적용하는 것 자체가 어려웠다. 예를 들자면 현장에서 어떤 사람을 검거할 때 해야 할 일로 첫 번째, 그 사람의 행위가 법규를 위반한 행위인지, 법규 위반의 대가가 형사처벌 대상인지 행정처분 대상인지를 판단해야 하고, 형사처벌 대상이 맞다고 판단되면 두 번째로, 현장에서 바로 '체포'할지, 체포를 하면 현행범에 해당하는지 긴급체포대상에 해당하는지, 아니면 동의를 받아 경찰서로 '임의동행'할지 등 검거 방식을 선택해야 한다. 세 번째로 소수의 인원으로 가해자와 피해자를 어떻게 분리 조사를 할지 인력 계획을 세워야 하고, 네 번째로 당사자들의 상태를 확인해 응급조치가 필요한지 여부 등을 확인해야 한다. 그 외에 증거수집, 현장보존 등은 말하지 않아도 다 알 것이다. 이런 일련의 과정을 술에 취한 사람들의 실랑이를 뜯어말리며 점검하기란 쉽지 않은 일이다.

급박한 상황에서는 정확한 의사결정보다 어느 정도 정보를 가지고 적당한 의사결정이 훨씬 효과적이라는 의사결정이론이 있다. 그러나 모든 경찰관은 적당한 의사결정을 하는 경우 자신에게 돌아올 역풍을 알고 있기에 최선의 판단을 하려고 노력한다. 그렇기에 경찰관은 공부를 게을리할 수 없다.

나는 출근 하루 만에 시험 합격 후 덮었던 형사법 책을 다시 펴고 공부를 시작했다. 그리고 수십 수백 가지의 특별법을 공부했다. (물론 다 외우지는 못한다. 수박 겉 핥기 식으로 공부한 뒤, 어떤 상황이 닥치면 그 상황에 적용할 법률을 검색할 수 있는 정도로 공부했다.) 승진이나 개인적인 지식의 습득을 떠나 살기 위한 공부를 시작한 것이다.

'거리의 판사'는 경찰을 말하는 수많은 표현 중 내가 가장 좋아하는 표현이다. 사실 나는 '거리의 판사'라는 표현을 처음으로 사용한 사람이 누군지 모르고, 어떤 의도로 만든 말인지도 모른다. 현장에서 사건을 무마하는 경찰을 조롱하는 의미에서 만들어졌을 수도 있고, 경찰이 현장에서 행사할 수 있는 권한이 많아 그것이 꼭 판사와 같다는 의미에서 만들어졌을 수도 있다. 나는 경찰관으로서 '거리의 판사'라는 말은 후자와 같은 의도에서 만들어졌다고 생각한다.

예컨대 경찰은 사건 현장에 처음으로 도착하는 사람으로서 증거를 수집·보전하고 사건 현장을 세밀하게 기록

한다. 그 기록들은 사건의 실체를 파악하고 처벌을 구하는 공소제기와 재판 과정에서 아주 중요한 역할을 한다. 경미한 사안의 경우 처벌하지 않고 사건 현장에서 훈방할 수 있는 권한도 가지고 있다. (물론 이 경우 계도 또는 경고 조치를 한다.) 따라서 '거리의 판사'라는 말을 경찰의 권한이 강하다는 의미로만 받아들여선 안 되고, 경찰의 책임이 막중하다는 의미로 받아들여 항상 자신이 가진 권한을 경계하여야 한다. 그러기 위해선 손에서 펜을 놓아서는 안 된다.

물론 공부를 게을리하는 경찰관도 많다. 자신이 법률을 모르는 경우 무조건 '사건이 안 된다'라고 말하고 보는 사람들이 그렇다. 이런 경찰관이 존재하는 것은 부정할 수 없는 사실이다. 그러나 수많은 '요즘 세대' 경찰관들이 더 나은 법 집행을 위하여 밤늦게까지 엄청난 양의 매뉴얼을 외우고, 새롭게 바뀐 법률들을 찾아보며 '열공'하고 있다는 사실을 알아주었으면 좋겠다.

미움받을 용기 :
경찰이 미움받는 이유

한때 '부산경찰'이라는 페이스북 페이지의 인기가 치솟았던 적이 있다. 그 페이지는 재미있는 드립으로 친숙한 경찰 이미지를 형성하는 데 많은 역할을 했다. 해당 페이지 관리자는 홍보 성과 등으로 두 번이나 특진을 했다. 이는 우리 회사가 홍보를 얼마나 중요시하는가를 잘 보여 주는 사례다. (해당 경찰관의 특진에 반대하는 것은 아니다. 그 경찰관은 맡은 바 임무를 충실히 한 대가를 받은 것이니까.)

경찰 조직은 역사적으로 국민에게 미움받을 수밖에 없

다. 광복 이후 친일 경찰관들이 숙청되지 않고 오히려 요직을 차지해 득세했다. 최근 경찰사 연구를 통해 대한민국 경찰 창립 당시 독립운동가 출신 경찰관도 다수 있었다고 밝혀지고 있지만, 국민의 머릿속엔 친일 경찰의 이미지가 더 클 것이다. 또한 경찰은 군부독재 시절 역사적으로 용서받지 못할 일을 많이 저질렀다. 간첩을 만들어 내고 민주화 시위를 진압하며 사상자를 냈다. 독재체제의 선봉에 경찰이 있었다. 그 시대 피해자들은 현재를 살아가고 있으며, 그들과 관계를 맺는 사람들이 계속해서 존재할 것이다. 과거의 업보는 사라질 수 없다.

소방관은 불을 끄고, 위급한 사람들의 생명을 구한다. 경찰은 범인을 잡는다. 소방관은 나를 구해 줄 망정 나에게 손해를 끼치진 않는다. 반면 경찰관은 내가 피해를 입었을 때 나를 도와줄 수도 있지만, 내가 조금이라도 법을 어기면 나를 잡아갈 수도 있다. 경찰은 언제든 나를 해칠 수 있다는 가능성을 가지고 있는 것이다. 그렇다 보니 국민과 경찰 사이에 심리적 거리감이 생길 수밖에 없다. 우는 아이, 편식하는 아이, 엄마 지갑에서 돈을 훔치는 아이들은 경찰 아저씨에게 혼난다는 우리나라 특유의 훈육 역시 경찰과 국민의 심리적 거리감을 만드는 데 일조했을 것이다. 여하튼 '살면서 경찰관 볼 일이 없는 게 제일 좋다'는 말이 보여 주듯 부정적인 이미지는 경찰의 숙명이다.

이와 같은 이유 때문일까. 우리 회사는 '좋은 이미지'를 형성하는 데 목을 매는 성향이 있는 것 같다. 사기업은 좋은 이미지를 형성하면 수익 창출과 직결되므로 기꺼이 마케팅과 홍보에 많은 비용을 투자한다. 그러나 경찰이라는 조직은 이윤 창출을 목표로 하지 않는다. 마찬가지로 기업 이미지가 아무리 좋아도 제품이 만족스럽지 않으면 구매로 이어지지 않는다. 역으로 생각해 보면 좋은 제품은 기업의 좋은 이미지 형성에 영향을 준다. 경찰은 치안서비스라는 제품을 제공하는 회사다. 신고를 받고 출동한 또는 사건을 처리하는 경찰관의 서비스가 마음에 들지 않으면 경찰이라는 조직의 이미지가 좋아지려야 좋아질 수가 없다. 각종 매체 등을 통해 경찰 조직에 좋은 이미지를 가지고 있던 사람도 사건의 당사자로서 만족스러운 치안서비스를 받지 못한다면 경찰에 대한 악감정이 생기기 마련이다. 민원인이 직접 만난 경찰관으로부터 제공받은 치안서비스의 품질이 곧 경찰 조직의 이미지와 직결되는 것이다.

그렇다면 현장 경찰관의 서비스 품질을 높이려면 어떻게 해야 할까. 첫째, 경찰관에 대한 체계적인 교육훈련을 통해 법규지식과 체력 등 기본 소양을 함양시켜야 한다. 최근 채용된 경찰관들의 경우 기본적으로 형법, 경찰관 직무집행법과 같은 법적 지식을 갖추고 임용된다. 그러나 새로운 지식(법규와 최신 트렌드)과 수사기법을 받아들이지 못한 경찰관들도 있다. 경찰관의 직무집행은 국민의 신체, 생명, 재산에 밀접한 영향을 미친다. 그렇기에 경찰관은 신체적, 지적으로 누구보다 자신을 혹독하게 단련해야 한다. 둘째, 내부고객 만족이 필요하다. 경찰은 대민 업무가 많은 감정노동자다. 감정노동자의 경우 회사에서의 몰입을 향상할 수 있도록 인적자원을 관리하고 이들의 후생복지 수준이나 임금 수준, 근무환경 등에 대한 만족도를 높이면 직무성과가 높아진다는 연구 결과[*]도 있는 만큼 인력 충원, 교육개발 등 내부고객 만족을 통한 서비스 품질 향상을 도모하여야 될 것이다. 사명감과 애국심만으로 공무원에게 희생을 강요하던 시대는 끝났다.

'우리는 이렇게 이렇게 하고 있어요', '우리는 이만큼 친절해요'라고 홍보하며 좋은 이미지를 국민의 머릿속에 억지로 욱여넣기보다, 능력 있는 경찰관 개개인이 자신의 자리에서 맡은 바 임무를 묵묵히 최선을 다해 국민에게 최상의 치안서비스를 제공한다면, 경찰 조직에 대한 이미지도 자연스럽게 좋아지지 않을까.

---

* '감정노동자의 인적자원관리가 직무성과에 미치는 영향에 관한 연구', 이준우, 2013.

애국자 문화 :
우리가 돈이 없지 가오가 없냐

"모든 시작은 밥 한 끼다. 그저 늘 있는 아무것도 아닌 한 번의 식사 자리. 접대가 아닌 선의의 대접. 돌아가며 낼 수도 있는, 다만 그날따라 내가 안 냈을 뿐인 술값. 바로 그 밥 한 그릇이, 술 한잔의 신세가, 다음 만남을 단칼에 거절하는 것을 거부한다. 인사는 안면이 되고 인맥이 된다. 내가 나설 때 인맥은 힘이지만 어느 순간 약점이 되고, 더 올라서면 치부다. 첫발에서 빼야 한다. 첫 시작에서. 마지막에서 빼내면 대가를 치러야 한다." 드라마 <비밀의 숲>에서 악역 아닌 악역으로 나오는 이창준의 대사다.

'애국자 문화'

애국자의 사전적 정의는 '자기 나라를 사랑하는 사람'이다. 그러나 이 단어는 과거 경찰관들 사이에서 '경찰을 사랑하는 사람', 다시 말해 경찰에게 돈을 잘 쓰는 사람을 말하는 은어로 사용됐다.

어떤 이유에서든 경찰관과 친해지고 싶어 하는 사람들이 많다. 경찰관을 알아두고 친해지면 나쁠 것이 없다는 생각인 듯하다. 경찰 선배들은 친구를 소개해 준다는 명목으로 후배들을 데리고 애국자를 만나러 간다. (그런 사람이 회식에 참석한다는 얘기 자체를 미리 해주지 않는 경우도 있다.) 애국자는 새로운 경찰관들을 소개받을 수 있는 자리를 마련해 주는 대가로 회식비를 댄다. 선배는 자신의 돈으로 회식을 시켜 준 것마냥 생색을 낼 수 있으니, 나름대로 이문이 남는 장사다. 이렇게 인사는 안면이 되고 인맥이 된다. 바로 '부패의 고리'가 연결되는 순간이자, 젊은 경찰관이 '악마의 덫'에 걸리는 순간이다.

설마 이런 일이 가능할까 하고 생각할 수 있지만, 김영란

법이 시행되기 전까지 실제로 흔하게 일어났던 일이다.

경찰 부패를 설명하는 이론 중 '구조 원인 가설'이 있다. 이 이론은 교육훈련 등을 통해 국가에 충성하고 정의의 사회를 세우겠다는 신념을 가진 신임경찰관이 선임경찰관들의 관행적인 부패행위를 목격하며 학습하게 되고, 결국에는 일종의 침묵의 규범이 되어 부패를 저지르는 요령까지 터득하면서 부패의 수렁에 빠진다는 가설이다. 애국자 문화는 전형적인 구조 원인 가설의 증명 사례다. 즉, 애국자 문화는 'Give and Take'를 기본으로 하고 있다는 것이다. 그 누구도 아무런 대가 없이 자신의 지갑을 열지 않는다. 경찰관들은 이 점을 명심해야 할 것이다.

아웃
사이더

2019년 12월 한 경찰관이 경찰청 내부망에 글을 올렸다. 내용인즉 자신이 소속된 파출소 소장의 초과근무수당 부당 수령 등 비위를 고발하는 글이었다. 이 경찰관은 내부망뿐만 아니라 동시에 언론과 각종 인터넷 커뮤니티사이트에도 글을 올렸다. 이 일은 경찰 내부에서 단박에 이슈가 됐고 여론이 찬반으로 갈라졌다.

반대 여론 중 가장 큰 축은 왜 하필 초과근무수당 허위 수령 부분만 부각시켜 경찰 조직 전체를 도둑놈처럼 보이게 만들었냐는 것이었다. 나는 이런 내용의 댓글에 큰 충격을 받지 않을 수 없었다. 경찰관이 내부고발자를 조직의 배신자로 표현하는 글을 쓴다는 것 자체도 이해되지 않았지만, 그 댓글에 '공감'이 많이 눌려 있었다는 것에 실소를 금할 수 없었다.

경찰의 조직주의는 큰 범주에서만 나타나는 것이 아니다. 짧으면 짧고 길면 길다고 볼 수 있는 내 경찰 생활 경험으로는 어디든, 그리고 크든 작든 조직주의가 존재했다.

내가 수사팀에 있던 시절 존경하며 잘 따랐던 선배가 있었다. 나보다 15년은 더 경찰 생활을 했던 선배는 의리를 중요시하던 사람이었다. 3년 동안을 같은 팀원으로서 동고동락을 했다. 그러던 중 내가 자의 반 타의 반 다른 팀으로 자리를 옮겨야 하는 상황이 생겼고, 나는 지능팀을 나가게 됐다. 6개월이 지났을까. 한 소문을 듣게 됐다. 내가 존경했던 선배가 내 뒷담화를 하고 다닌다는 것이었다. 팀을 나간 놈이 자꾸 사무실을 왔다 갔다 한다나. 아무튼 그의 말에 따르면, 내가 아무 생각 없이 반가움에 했던 인사는 가식이었고, 가끔 가져다주는 군것질거리는 무언가를 바랄 때 나오는 계책과도 같은 것이었다. 내가 그와 보낸 3년이라는 시간은 무너져 내린 모래성과 같았고, 난 조직을 배반한 둘도 없는 배신자가 되어 있었다.

　그래서 하루는 그 선배에게 물어봤다. 도대체 나를 왜 그렇게 싫어하는 것이냐고. 그러자 선배가 말했다. "너는 이 팀에서 승진은 다 해놓고 다른 팀원들은 나 몰라라 하고 도망간 것이기 때문에 싫어할 수밖에 없었다." 싫으면 싫은 것이지 내 뒷담화를 정당화할 명분은 아니었다고 생각한다. 아무튼 그 얘기를 들으면서 도대체 조직이 뭐길래 이러는 것일까 생각을 했다. 그날 나는 조직의 일원이기보다 아웃사이더로 남는 것을 택했다.

3장

억울함과도
싸워야 하는
경찰들

범인을 잡으면
성과가 올라갈까?

"너네 나 잡아넣고 성과 올리려고 그러는 거지?!"

피의자들에게 수갑을 채우면 열에 아홉은 이렇게 항의를 한다. 과연 그럴까. 결론부터 말하자면 '아니다'. 살인, 강·절도범 등 강력범이나 엄청나게 많은 피해를 발생시킨 사기꾼 정도가 아닌 이상 일반 피의자들을 잡았다고 해서 성과에 큰 영향을 미치지 않는다. 성과에도 영향을 미치지 않는 사람들을 체포하는 이유는 왜일까.

체포에도 사유가 필요하다. 일단 대법원에서는 범죄의

명백성과 체포의 필요성을 요구하는데, 체포의 필요성이란 피의자의 주거지를 알 수 없는 경우나 도주할 우려가 있는 경우 등을 말한다. 이런 경우가 아닌 이상 현행범이라고 할지라도 무조건 체포를 하진 않는다.

술에 취해 나쁜 짓을 한 사람들은 자기 이름을 애기하는 걸 정말 싫어한다. 그렇다고 신분증을 주는 것도 아니다. 이런 사람을 처리하는 방법으로는 '임의동행'과 '체포'가 있다. "서로 가서 말씀하시죠." 드라마에서 많이 등장하는 대사다. 임의동행의 전형적인 모습이라고 생각하면 된다. 임의동행이란 피의자의 동의를 받아 경찰서나 인근 지구대·파출소로 동행하여 조사를 하는 것을 말한다. 모든 피의자들이 드라마에서처럼 '서'로 얌전히 따라온다면 얼마나 좋을까. 하지만 현실은 드라마와 다르다. 이때 경찰들은 '체포' 절차에 들어가게 된다. 사실 경찰 입장에서 얘기하자면, 한 사람을 체포한다는 것은 엄청나게 번거롭고 부담스러운 일이다. 체포하면서 지켜야 할 절차들과 많은 서류들, 그리고 체포 과정에서 일어날 수 있는 다툼과 항의성 민원 등을 생각하면 최대한 임의동행으로 처리하고 싶다.

　그렇다면 어떤 일이 경찰의 성과에 도움을 줄까. 경찰의 성과평과 기준은 각 기능별로 엄청나게 세분화되어 있다. 예를 들면 경무의 홍보 성과, 경비의 집회 관리, 수사의 기소중지자검거율, 생활 안전의 주민치안만족도 등 여러 가지 성과들을 모아 종합치안성과를 매기는데, 연도별로 기준이 조금씩 달라지다 보니 어떤 일이 경찰의 성과에 도움을 준다고 명확히 말하기 어렵다.

　결론적으로 범인 한 명 잡아넣는다고 낮은 성과가 갑자기 높아지는 일은 없다. 모든 직장인이 그렇듯 경찰관도 성과에 반영되지도 않는 일을 하고 싶어 하진 않는다. 경찰이 경찰서까지 동행을 요청한다면, '욕보네'라고 생각하며 협조해 준다면 얼마나 좋을까.

세븐일레븐 :
칼퇴가 뭐예요?

　영화를 보면 범인 검거를 위해 며칠간 잠복하느라 집에 들어가지 못하는 경찰관들의 모습이 많이 비춰진다. 현실도 그럴까? '경찰이 집에 못 들어가는 날이 많냐?'고 묻는다면 반은 맞고 반은 틀리다. 일반 대기업도 현장직과 사무직이 있고, 교대근무와 일근근무가 함께 존재하듯 경찰 조직도 똑같다.

　12월 31일 자정. 여자친구와 한강 둔치에서 새해맞이 폭죽놀이를 구경하고 있는데, 한 통의 메시지가 왔다. '해

돌이 행사 경비 동원, 04:00경까지 출근할 것.' 분명 12월 31일은 비번이었다. 전날 밤샘 근무를 마쳤기 때문에. 그러나 경찰관 기동대는 인정사정이 없었다. 헤어짐이 아쉬운 여자친구를 달래고 부랴부랴 사무실을 향해 운전대를 잡았다.

경찰 내에도 다양한 부서와 다양한 직책이 존재한다. 본사인 경찰청에서 근무하는 친구 말로는 일이 너무 많아 세븐일레븐이 기본이란다. 아침 7시 출근, 저녁 11시 퇴근을 우스갯소리로 하는 말이다. 이렇듯 초과근무가 기본인 부서가 있는 반면에 일선 경찰서 어느 부서에서는 9시 출근, 18시 퇴근이 기본이다. 즉, 경찰관의 근무시간은 부처별 그리고 부서별로 천차만별이다.

경찰에서 수배자 검거는 주로 수사과에서 담당한다. 수사과는 일근부서(월~금, 9~18시 근무)임에도 불구하고 수배자 집중 검거 기간이 되면 수배자의 집 근처에서 밤새 잠복하는 일이 잦다. 그리고 자신이 수배 내린 수배자가 검거되는 경우 휴일이라도 출근해야 한다. 규정상으로 48시간 이내에 조사한 뒤 석방이나 구속 둘 중 하나를 선택해야 하기 때문이다. 내가 수배를 내렸던 수배자가 12월 24일에 검거되는 바람에 크리스마스를 꼼짝없이 반납해야 했던 적이 있다. 또한 형사과는 교대근무임에도 불구하고 살인사건 등 대형 사건이 터지면 비번날도 출근해야 하는 불상사가 생기는 경우도 있다. 이렇듯 같은 부서 내에서도 분기나 일정별로 근무시간이 달라지기도 한다.

지구대, 파출소는 '주간-야간-비번-휴무(4교대)' 또는 '주간-주간-주간-야간-비번-야간-비번(3교대)' 근무가 일반적이다. 3교대의 경우 365일 경찰서에 얼굴도장을 찍는다고 보면 된다. 그렇다 보니 2~3일에 한 번씩은 집에 들어가지 못하고 밖에서 밤을 새운다. 지구대, 파출소의 장점은 일정한 근무 패턴이 정해져 있기 때문에 지구대, 파출소 근무자가 갑자기 출근하는 경우는 거의 없다는 것이다. 따라서 체력적인 면에서 교대근무가 부담스럽기는 하지만 업무 루틴은 교대근무자들이 더 나은 편이라고 볼 수 있다. 쉬는 날은 출동 없이 확실히 보장되기 때문에 취미생활을 즐기거나 승진시험 등을 준비하는 사람들은 지구대, 파출소를 선호하는 편이다. 그렇다고 지구대, 파출소 직원들이 일을 하지 않는다고 보면 안 된다. 근무 후 쉬는 시간에 개인 정비를 하는 것이기 때문이다. 물론, 근무 인원이 부족해 어쩔 수 없이 자원근무(초과근무)를 하는 막내급 직원들도 있기는 하다.

경비부서는 근무 루틴이 가장 최악이라고 볼 수 있는데, 분명 교대근무 형식은 취하고 있지만 지켜지지가 않는다. 다음날 일정이 전날 오후에 나오기 때문에 약속을 잡을 수가 없다. 신임경찰관의 경우 의무적으로 경찰관 기동대에 근무해야 하는데, 나는 이 시기가 가장 고통스러웠다. 스케줄이 너무 자주 바뀌고 갑작스러운 출동도 많아 도저히 친구들을 만날 수가 없었다. 이때 동기들과 자주 한 말이 "약속은 깨라고 있는 것이다"였을 정도다. 그렇기에 경찰을 준비하는 경찰준비생, 부서 이동을 준비하는 경찰관들은 자신의 라이프 스타일에 맞는 부서를 선택하고 준비하는 것이 좋다.

인사이동 :
이직을 꿈꾼다

나는 한 가지 일에 싫증을 잘 내고, 힘들면 쉽게 지치고 도망도 잘 치는 편이다. 그런 내게 경찰은 최고의 직장이다. 경찰은 내부에 엄청나게 다양한 부서와 직무들이 있고, 그만큼 인사이동도 많기 때문이다.

경찰 업무는 크게 경무, 수사, 형사, 생활안전(112), 경비, 교통 등으로 나누어져 있다. 이 업무를 더 잘게 쪼개면 수십 가지 담당 분야가 나온다. 수사과로 예를 들자면, 실제 수사를 하는 수사관(사이버, 지능, 경제 등), 수사에 필요한 시스템과 물적 지원을 담당하는 수사지원팀, 유치장을 관리하는 유치관리팀, 증거물 분석을 도와주는 과학수사팀 등이 있고 더 세분화해 수사지원팀의 경우 경리 담당, 물품 담당, 프로그램 담당 등 수많은 직무 분야가 있다. 그렇기 때문에 어떤 업무가 재미없다거나 적성에 맞지 않는다 싶으면 다른 부서로 옮겨 다른 일도 배워 보고, 전부 습득했다 싶으면 또 다른 부서로 옮길 수도 있다.

나는 도망치는 것도 재주라고 생각하는 사람이다. 내가 못하겠다는데 어쩔 것인가. 못할 것 같은 일을 계속한다고 적응되는 것도 아니고, 내가 힘들어 미칠 지경이면 그곳에서 도망치는 것이 맞다고 생각한다. 사실 나는 시신을 보는 것이 극도로 힘들다. 유일하게 경찰 조직과 내가 맞지 않는 부분이다. 죽은 사람은 몇 번씩 봐도 도무지 적응이 되지 않았다. 그래서 수사과 모집공고가 나오자마자 지원해 지구대에서 탈출했다. 수사과에 근무하는 지금, 업무량은 전보다 많이 늘었지만 시신을 보지 않아도 된다는 점에서 굉장히 만족하며 근무하고 있다. 결론은 내 적성에 맞는 직무를 찾으러 굳이 다른 회사로 이직할 필요가 없다는 것이 굉장한 장점이다. (경찰대나 경찰간부후보생 출신은 의무적으로 순환보직을 발령을 내 다양한 업무를 습득하게 한다.)

경찰은 1년에 두 번 상반기, 하반기 정기 인사가 있다. 원칙적으로 내 부서가 마음에 들지 않는다면 6개월 후 다른 부서로 옮길 수도 있다는 뜻이다. 물론 6개월 만에 인사이동하는 경우는 거의 없고 대부분 1년 이상 근무를 한다. 또 1년에 한 번씩 지방청 간, 경찰서 간 교류 인사이동이 있다. 교류 인사이동이란 예를 들자면 서울지방결창청에서 근무하던 경찰과 부산지방경찰청 소속 경찰관을 맞교환하는 방식의 인사이동을 말한다. 이런 인사의 경우 티오가 생겨야 이동을 할 수 있기 때문에 사전에 지원자들을 모집해 순번을 세운다. 내가 신청한 지방경찰청에 새로운 경찰서가 생겨 갑작스러운 인력 수요가 많아지면 신청하자마자 이동하는 경우도 생기지만 이는 극히 드문 케이스이고, 보통 내 순서가 올 때까지 길게는 몇 년을 기다려야 한다. 이런 제도를 이용해 다른 지방경찰청에 비해 신규채용 인원이 많은 서울, 경기로 지원해 합격한 뒤 지방으로 다시 내려가는 경우도 있다. 다시 말하자면 내가 맡은 업무나 사람이 싫은 경우 좁게는 경찰서 내 다른 부서, 넓게는 다른 지역 경찰서까지 도망갈 길이 열려 있는 것이다.

그래서 나는 일 때문에 스트레스를 받을 때마다 "다음 인사 때 탈출한다"를 입에 달고 산다. 물론 내 뜻대로 쉽게 나갈 수 있는 것은 아니지만 말이다.

휴식시간:
아이스크림 좀 먹으면 안 되나요?

112 신고가 들어왔다. '경찰관들이 편의점 앞에서 아이스크림을 먹으며 놀고 있다'는 내용이었다. 당황스러웠다. 이 민원을 어떻게 처리해야 할까? 아니 어떻게 받아들여야 할까?

이 신고는 2015년경 ○○지방경찰청에서 실제로 접수됐던 신고다. 사실관계는 이렇다. ○○지방청에서 신임경찰관을 대상으로 한 교육이 있었다. 하루짜리 교육이었는데, 일부 신임경찰관들이 점심시간 동안 인근 편의점에서 아이스크림을 사 먹었다. 문제는 이 경찰관들이 근무복을 입고 있었다는 점이다. 편의점 앞을 지나가던 시민이 근무복을 입고 편의점 앞에서 아이스크림을 먹으며 이야기를 나누는 경찰관을 보고, 경찰관들이 왜 근무를 서지 않고 놀고 있느냐고 112 신고를 했던 것이다. 결론적으로 아이스크림 사건은 점심시간에 일어난 일이라 징계 없이 잘 처리됐다. 하지만 다른 경우라면 어땠을까.

경찰은 정해진 휴식시간이 따로 없다. 순찰차를 타는 근무 같은 경우 50분 근무에 10분 휴식을 권장하기는 하지만, 시도 때도 없이 울리는 112 신고 출동 명령에 온전히 휴식시간을 사용하는 경우가 드물다. 수사나 형사부서도 마찬가지다. 쉴 틈 없이 밀려오는 민원인들을 응대하고, 민원인들이 없으면 자기 업무를 처리하느라 바쁘다. 그렇다 보니 요령껏 쉬는 것이 생활화되어 있는데, 이런 휴식조차 달갑지 않아 하는 사람들이 있나 보다. 아마 경찰관의 월급이 세금으로 지급되기 때문이리라. 경찰이 노는 것은 세금을 낭비하는 것처럼 보일 테니까. 이런 민원은 세금으로 월급을 받는 공무원들의 어쩔 수 없는 숙명이다.

그러나 공무원들도 세금을 내는 납세자이자 국민이고 노동자다. 이들도 근무 중 휴식을 취할 권리가 있다.

민원으로 인해 일부 병원에서 소방 구급대원에게 무료로 한 잔씩 제공하던 커피를 없앴던 사례가 있다. 민원의 요지는 커피를 주는 병원으로 환자를 이송하게 된다며, 커피를 무료로 제공해서는 안 된다는 것으로 기억한다. 자그마한 커피 한 잔이 뇌물로 보였을 수도 있겠다. 공무원 부패 이론 중에 미끄러운 경사 이론이라는 것이 있다. 작은 커피 한 잔이 더욱더 큰 부패로 가는 시작이 될 수 있다는 이론이다. 물론 의미 있는 이론이다. 그러나 경찰관이나 소방관이 뇌물과 고마움의 대가에 대한 구별도 못 할 정도로 멍청할까. 그 커피 한 잔이 구급대원의 노고에 대한 존경의 의미라고 생각할 수는 없었을까.

미국의 한 도넛 가게에서는 순찰 경찰관에게 도넛과 커피를 공짜로 제공한다고 한다. 이는 가게를 지켜 주는 경찰관에 대한 고마움의 답례이기도 했지만, 도넛 가게의 좀도둑을 없애는 데 효과적인 방법이기도 했다. 솔직히 공짜

커피 한 잔 얻어먹자고 이런 글을 쓰는 것은 아니다. 경찰관이 쉬는 것을 부도덕한 일로 생각하는 그런 의식에 전환이 필요하다고 생각하기 때문이다.

출근하기 싫을 때 :
나도 휴가가 가고 싶다

　주말에 휴식을 취한 직장인이 한 주의 시작 때마다 출근하기 싫어하는 것을 '월요병'이라고 한다. 경찰관에게도 월요병이 있을까. 당연히 있다. 출근해서 만나는 사람들은 다들 제각기 억울한 사연을 가진 사람들이고, 이들의 얘기를 전부 듣고 있다 보면 소모되는 감정의 양이 상당하다. 그렇다 보니 나는 매일매일 출근하기 '싫어증'을 겪는다. 그래도 돈은 벌어야 되니까 꾸역꾸역 무거운 몸을 이끌고 출근을 한다.

그래도 정말 출근하기 싫을 때는 어떻게 해야 할까. 내가 친구들에게 출근하기 싫다고 투정을 부리기라도 하면 친구들은 하나같이 "공무원인데 휴가 맘대로 쓸 수 있잖아, 휴가 써"라고 말한다. 그렇다. 경찰이라는 직장은 공공기관답게 휴가제도가 잘 되어 있다. 그런데 사실 공기업, 사기업을 떠나 어느 회사나 휴가 제도는 잘 되어 있다. 문제는 잘 만들어진 휴가제도를 제대로 쓸 수 있느냐다.

"경찰관이 자기 사건을 방치하고 신혼여행을 가면 어떡합니까!"

내가 신혼여행을 갔을 때, 사무실로 담당자가 휴가를 가면 사건을 방치하겠다는 것 아니냐는 항의 전화가 왔다고 한다. 일반 회사로 치면 민원인은 클라이언트다. 클라이언트가 담당자를 닦달하는 것을 이해하지 못하는 것은 아니다. 고소장을 넣으면 자신의 사건만 진행되는 줄로 아는 사람들이 많다. 그러나 고소장을 접수한다고 해서 그 사건만 집중해서 수사하는 것은 아니다. 한 수사관이 3~40건의 사건을 동시에 수사하기 때문에 접수 순서와 사안의 중요성 등에 따라 우선순위를 나누고, 그 스케줄에 따라 수사를 진행한다. 결론적으로 수사관은 휴가 기간에도 사건이 지연되지 않도록 계획을 다 짜놓고 간다. 여하튼 휴가를 쓸 때 민원인의 눈치까지 봐야 하는 내 자신이 서글퍼졌다. 나도 쉽게 쓸 수 없는 휴가인 만큼 마음 편히 쉬고 싶다.

경찰도 직장인이다. 경찰도 어렵게 휴가를 쓴다. 직장상사나 팀원들의 눈치를 보기도 하고, 민원인들의 눈치를 보기도 한다. 그럼에도 불구하고 아직까지 공무원은 휴가를 편하게 쓸 수 있는 직업이라는 생각이 사회에 만연하다. 이런 시선이 조금 서운하기도 하다.

호칭의
문제

"내가 왜 네 선생님이야. 나 선생 아니야."

술에 취한 사람이 나에게 외쳤다. 맞다. 그 사람은 선생(先生)과는 거리가 먼 주정뱅이에 불과하다. 그럼에도 불구하고 나는 왜 저 주정뱅이에게 선생님이라는 존칭을 붙여 주고 있나 생각해 봤다. '선생님'은 경찰에서 민원인을 대할 때 가장 많이 사용하는 호칭이다. 언제부터 '선생님'이 상대방을 지칭하는 단어였는지는 모르겠지만, '선생님'만큼 상대방 기분을 맞춰 주며 부를 수 있는 호칭을 찾기 힘든 것이 사실이기는 하다.

112 신고를 한 민원인은 출동 경찰관이 자신의 인적사항이나 인상착의를 다 알고 있을 것이라고 생각하기 쉬운데, 사실 출동 경찰관에게 그런 정보는 전달되지 않는다. 기껏해야 신고가 들어온 전화번호와 성별 정도의 정보만 주어진다. 그렇기에 막상 민원인을 만났을 때 뭐라고 부를지가 가장 애매하다. 출동 현장에서 이름을 물어보긴 하지만, 나이가 한참 많은 어르신에게 계속 'OO 씨'라고 하기도 뭔가 예의에 어긋나 보이기도 하고, 계속 '저기요'라고 부르기도 조금 뭐하다. 그렇다고 '고객님'이라고 하기는 더 이상하지 않은가.

경찰 생활을 하다 보니 일반 직업을 가진 사람들보다 더 많은 사람을 접하게 된다. 만나는 사람들의 직업이나 지위도 다양하고 성격, 성향 또한 너무나도 다르다. 이런 생활을 계속하다 보니 어느 순간 일상생활에서조차 상대방의 호칭을 고민한다. 나이 어린 친구에게 대뜸 'OO야'라고 한다면 기분이 나쁘지 않을까, 'OO 씨'라고 하면 어색해하지 않을까 하고 말이다. 이럴 때면 사람을 만나는 것이 참 피곤한 일이구나 하고 느껴지기도 한다.

생각해 보면 우리나라 사람들은 호칭에 참 민감하다. 왜 일까? 한번은 나이 지긋한 선배와 신고에 나갔던 적이 있다. 민원인은 30대로 보이는 여자였다. 선배님이 민원인에게 "아가씨, 무슨 문제로 신고하셨나요?"라고 묻자, 대뜸 "저를 왜 아가씨라고 부르시죠?"라고 반문했다. 옆에 있던 나는 어안이 벙벙했다. 사실, 이름도 모르는 상황에서 자신보다 어린 2~30대 여자에게 '아가씨'라고 부른 선배도 이해가 되고, 대뜸 경찰관으로부터 '아가씨'라는 말을 들은 여자가 불쾌했을 수도 있겠다는 생각이 스쳤다. 아마 민원인은 '아가씨'라는 호칭이 '술집에서 일하는 여자'를 표현한다고 생각했던 것 같다. 선배가 민원인에게 사과하며 '선생님'으로 호칭을 고친 후에야 우리는 신고 내용을 들을 수 있었다.

호칭의 문제는 참으로 난감하고 또 난해하다. 정답을 찾지 못한 나는 어쩔 수 없이 오늘도 평소처럼 '선생님'을 찾는다.

주취자들 :
내가 그렇게 만만하니

　술에 취한 사람이 길거리에서 벽돌을 집어 들고 사람들을 위협한다는 신고를 받고 현장에 나갔다. 일단 잡아 놓고 보니 술에 완전 취해 조사가 불가능해서 수갑을 채워 놓고 술에서 깰 때까지 기다리는 수밖에 없었다. 그래도 감시는 해야 되니 내가 그 사람 옆에 앉아 있었다. 그 사람은 나에게 온갖 욕지거리뿐만 아니라 가족을 죽여버리겠다는 협박을 했다. 그때 생각했다. 공권력이 무너져도 한참 무너졌구나. 경찰서에서 경찰관에게 경찰 가족을 죽이겠다고 협박을 하다니. 안타깝게도 이 사람의 구속영장은 기각되었고 그렇게 석방되었다.

공권력이 무너지는 것은 공권력을 무시하는 개개인의 문제일까. 아니면 경찰을 무시하는 사회적 분위기가 문제일까. 경찰을 무시해도 되게 만든 사법부의 문제일까 고민을 해 봤다.

2017년경, 경찰 내부망에 도움을 요청하는 글 하나가 올라왔다. O순경이 만취한 남성을 검거하는 과정에서 남성이 넘어졌고, 그로 인해 만취한 남성이 전치 5주의 상처를 입었다. 이 남성은 술에서 깨고 난 뒤 자신을 검거한 경찰관을 독직폭행 혐의로 고소했다. 만취자로부터 고소당한 경찰관은 만취자에게 형사합의금 5천만 원에 치료비 3백만 원을 주고 나서야, 징역 6개월 선고유예 판결을 받아 경찰직을 유지할 수 있었다. 선고유예 판결의 요지는 이랬다. '주먹이나 팔을 잡는 방법으로 제압이 가능했다', '좀 더 방어적으로 제압했어야 했다'.

이 주취자는 병원치료를 받고 나와 또 술을 먹고 영업방해를 했고, 구속되어 옥살이를 하게 됐다. 그럼에도 반성하지 않고 이번에는 ○순경 때문에 정신이상증상을 앓게 되었다며 4천만 원의 손해배상과 함께 치료비를 요구하는 민사소송을 걸었다. 이 사건은 경찰관 사이에서 '경찰로또' 사건으로 불릴 정도로 아주 유명한 사건이다.

이런 사건이 자주 발생하다 보니 경찰이 주취자나 민원인들에게 소극적으로 대처하게 되고, 이러한 태도가 결국 경찰에게 냉소적인 사회적 분위기를 만든 것이라고 생각한다. 공권력에 도전하는 사람을 엄벌하지 않는 한 이런 악순환이 계속되리라고 본다.

경찰과 국민 간의 거리가 예전보다는 가까워진 것이 사실이다. 경찰이 국민들에게 어려운 존재로 다가서면 안 된다고 믿기 때문에 옳은 방향으로 가고 있다고 생각한다. 그러나 경찰이라는 이름이 결코 가볍지는 않기에, 그리고 경찰 조직을 구성하는 경찰관 개개인 역시 국민이기에, 서로 존중해 주는 문화가 정착됐으면 좋겠다.

압수수색 :
안 하는 게 아니라 못하는 거예요

"야, 저기 성매매업소 아니냐?"

'안마방'. 도심 속 적나라한 간판을 손가락으로 가리키며 친구들이 묻는다.

"맞을 수도 있지?"

"근데 왜 안 잡아?"

주변 사람들이 가장 궁금해하는 것 중 한 가지다. 이런 질문이 나오면 나는 '잡기 힘들어'라고 말을 얼버무린다. 사실 경찰에 입직하기 전 나도 해 봤던 생각이다. 성매매 업소 단속과 같이 '단속'이란 업무는 말처럼 쉽지 않다. 경찰이라고 모든 건물의 문을 마음대로 열고 들어갈 수 있는 것도 아니고, 함부로 집이나 사무실 내부를 수색할 수도 없다. 왜냐하면 헌법 제12조 제3항과 동법 제16조의 영장주의 규정 때문이다. 영장주의란 수사기관이 조사 행위를 할 때 사람의 신체, 자유 물건에 대한 지배 등에 대해 압수, 수색하는 등 강제력을 발휘하는 경우 사람의 자유와 물건에 대한 지배를 배제할 수 있는데, 이러한 수사행위가 남용되는 경우 헌법에서 보장하는 자유와 인권을 침해할 우려가 있으므로, 수사기관이 압수수색을 하기 위해서는 법원이나 법관의 판단에 의하도록 하여야 한다는 것을 말한다. 여기서 법원의 판단이란 '영장'의 발부를 말한다. 물론 범죄가 행해지고 있다는 것이 확실하다는 등 예외적인 경우 영장 없이 압수수색이 가능하지만 '안마방'이라는 간판만으로 그 현장에서 범죄가 이루어지고 있다고 보기에는 무리가 있다.

'In Dubio Pro Reo' 해석하면 '의심스러울 때는 피고인에게 유리하게' 판결하라는 무죄추정의 원칙이 있다. 그렇기에 나는 '안마방'이 성매매업소가 '맞을 수도 있다'라고 표현한 것이다. 안마방은 누가 봐도 성매매업소라 생각하는 일반인의 입장에서는 답답한 소리로 들릴 수도 있다. 그러나 '안마방' 간판을 걸고 있다고 해서 모두 성매매업소로 볼 수 없다. 건전한 마사지 업소들도 있기 때문이다. 그리고 현실적으로 구체적인 증거나 첩보 없이 수많은 안마방에 대한 압수수색 영장을 발부받을 수 없을뿐더러 일제히 들이닥칠 인력도 부족한 실정이다. 그리고 압수수색 현장에서 성행위가 있었다는 증거를 반드시 찾을 수 있다는 보장도 없다. 따라서 이론적으로는 일제 단속이 가능하지만 인력 배치, 증거수집 등 현실적인 문제가 따른다. 물론 다른 방법으로 단속하는 방법이 있지만 수사기법이 유출될 수 있기에 말을 줄이기로 한다.

'절차적 정의'

경찰의 잘못된 강제력의 행사는 한 사람의 인생을 송두리째 바꿔 놓을 수 있다. 그렇기에 사회적 합의를 통해 그 힘을 자의적으로 사용하지 못하도록 일정한 경우에만 사용하기로 약속했다. 그 합의의 결과가 바로 '법'이다. 사실 경찰관인 나도 안마방이나 노래방 등이 성매매의 온상이라는 것은 익히 들어 잘 알고 있다. 그럼에도 단속을 하지 못하는 것은 아이러니하게도 법 때문이다. 내가 소문을 통해 알고 있는 것은 '정황'이지 '사실'이 아니기 때문이다.

가정폭력이나 데이트폭력의 경우도 마찬가지다. 이런 범죄로 인하여 피해자가 사망했을 때 그 화살은 경찰에게 돌아온다. '피해자가 사건 이전부터 여러 차례 신고했음에도 경찰은 왜 아무런 조치를 취하지 않았는가'와 같이 말이다. 폭행의 방법이나 피해의 정도에 따라 달라지긴 하지만 일반적으로 가정폭력이나 데이트폭력 모두 형법 제260조(폭행, 존속폭행)로 규율한다. 문제는 여기서 시작된다. 형법 폭행죄 규정을 보면 폭행죄는 '반의사불벌죄'다. 피해자가 처벌을 원하지 않으면 수사기관이 임의적으로 처벌할 수 없다는 뜻이다. 따라서 폭행 현장에서 가해자를 현행범으로 체포한다 한들 피해자가 처벌을 원하지 않는다고 하면 바로 풀어 줘야 한다. 놀랍게도 내가 출동했던 가정폭력이나 데이트폭력 신고 피해자들의 90퍼센트는 상대방의 처벌을 원하지 않는다고 했다. 피해자들이 원하는 것은 지금 당장 행해지고 있는 폭력의 중단이었지,

상대방을 처벌하는 것이 아니었다. 이런 경우 경찰은 잠시 둘 사이를 격리시키는 등 임시조치 외에 할 수 있는 것이 없다.

영화 <마이너리티 리포트>에서 나오는 경찰이 아닌 이상 일어나지 않은 범죄를 예측할 수 없고, 현행 법규상 범죄가 예상된다는 이유 하나만으로 한 사람을 강제로 체포하거나 구속할 수 없다. 이와 같은 이유에서 경찰이 '단속이 어렵다'고 하거나 고소를 각하하는 경우, 사건을 무마하려 한다고 무작정 헐뜯는 사람들이 있다. (물론 무작정 안 된다고 하고 보는 일부 경찰관도 있는 것이 사실이다.) 나는 그런 사람들에게 이렇게 해명하고 싶다. 경찰은 행동할 근거가 없기에 행동하지 못할 뿐이다. 행동할 근거, 즉 법 규정을 만드는 것은 경찰이 아니라 입법부(국회)의 일이므로 경찰이 '못' 하는 일에 대해서 일선 경찰관에게 화살을 돌리기보단, 국민신문고나 입법 청원 등을 통해 입법 건의를 하는 것이 더 효과적인 방법이다.

나는 세금 도둑이
아니에요

'세금 도둑'

회사에서 일을 제대로 하지 않음에도 불구하고 월급을
많이 받아가거나, 일을 일부러 게을리하는 사람을 흔히
'월급 도둑'이라 부른다. 내 주머니에서 나가는 돈은 아깝
기 마련이다. 하물며 반강제로 납부한 내 세금이 함부로
사용된다면 얼마나 열불이 날까. 공무원은 세금으로 월급
을 받고 공무원의 직무수행은 국민의 삶에 직접적인 영향
을 미친다. 그렇기에 공무원이 세금 도둑질을 하면 더더욱
지탄받을 수밖에 없다. 공무원이 일부러 업무를 회피하는

경우 해고를 넘어 형사 처벌되기도 한다.

모든 조직에는 이런 도둑들이 숨어 있다. 경찰도 마찬가지다. 세금 도둑들의 모습은 수많은 언론매체에 박제되어 있기에 긴말은 하지 않겠다.

'내가 내는 세금으로 먹고사는 주제'

새벽 두 시. 자칭 성실 납세자들이 경찰서에 가장 많이 방문하는 시간이다. 수갑을 찬 취객이 국민의 공복으로써 경찰관의 역할에 대해 일장연설을 늘어놓는다. 마치 사장님이 직원을 훈계하는 것처럼. 맞는 말이다. 나는 국가공무원이고, 국민이 납부한 세금으로 월급을 받는다. 국민주권 국가에서 국민은 모든 공무원의 사장님이다. 그런데 나도 국민의 일원으로 각종 세금을 낸다. 같은 시기에 취업해 비슷한 연봉을 받는 일반 회사원 친구들과 비교하면 꽤 많이 내는 편이다. (이렇게 보면 나도 내 월급에 어느 정도 지분이 있진 않을까 생각해 본다.) 사장이 직원에게 월급을 준다고 해서 사장이 직원의 주인은 아닌 것처럼, 공무원이 세금으로 월급을 받는다고 해서 공무원이 국민의 노예는 아니다.

어떤 사람들은 이런 사실을 망각한다. 직원들을 노예처럼 부려먹는다고 사장 험담을 하던 사람도 공무원들 앞에선 자기 사장보다 더한 주인의식을 발휘하기도 한다. 내 월급이 세금으로 이루어졌다고 한들 누구한테도 하대받을 이유는 없다. 내 월급은 내 노동의 대가다. 나는 국민이 낸 세금이 헛되이 쓰이지 않도록 열심히 일하고 있다.

 '권리 위에 잠자는 자는 보호받지 못한다.— 루돌프 폰 예링'
 우리나라에서 공무원을 흔히 '국민의 공복(公僕)'이라고 일컫는다. 공복의 사전적 의미는 '국민의 심부름꾼'이다. 우리나라는 공무원의 직업적 특성 중 공공서비스 제공, 즉 '봉사'에 많은 의미를 두고 있다. 이에 따라 대한민국 공무원은 '노동자'들이 헌법으로 보장받는 노동 3권 중 단체행동권이 제한되고, 경찰, 군인 등 특수직렬 공무원 일부는 단결권도 행사하지 못한다. 공무원은 근로기준법도 적용되지 않는데, 이 때문에 경찰관들은 일반 '노동자'들이 법적으로 보장받는 시간 외 근로수당보다 적은 수당을 받으며 묵묵히 야간 및 주말근무를 하고 있다. 이렇듯 우리나라는 사회구조적으로 공무원의 권리—특히 보수와 복지와 관련된 권리 ─ 주장이 부도덕한 것으로 비추어진다.

실례로 수사관인 나는 10일에 한 번씩 24시간 당직을 선다. 주말 기준 오전 9시부터 다음 날 오전 9시까지. 24시간 근무의 대가는 4시간 초과근무 시간 인정과 하루의 대체휴무가 끝이다. 하루의 대체휴무는 9시부터 18시까지 점심시간 빼고 8시간 근무한 대가라 치면, 약 12시간은 무료봉사를 하는 것이다. 점심시간마저도 신고나 민원인이 오면 응대해야 되는데, 이를 '대기'시간으로 보지 않고 근무시간에서 제외하는 것은 도통 이해되지 않는다. 각론하고 공무원들은 지금도 묵묵히 그리고 충분히 희생하고 있다.

미국이나 독일 등 선진국은 공무원, 경찰, 소방관의 노동 3권(단결권, 단체교섭권, 단체행동권)을 보장하고 있다. 경찰노조가 보편화된 유럽에선 봉급 인상, 장비 현대화 등을 요구하며 시위를 하기도 하고 미국의 경찰노조는 종종 가두시위를 벌이거나 '태업 시위(blue flu)'를 하기도 한다. 그들 나라에서 공무원이란 수많은 직종의 노동자 중 공공서비스를 제공하는 노동자일 뿐이다.

'호의가 계속되면 권리인 줄 안다'는 유명한 영화 대사가 있다. 우리나라 공무원들은 공무원으로서 알게 모르게 많은 권리를 포기하고 살아간다. 이들의 희생이 '공무원이니까 그 정도는 감수해야 된다'는 말로 당연하게 여겨지지 않았으면 한다.

경찰의
은밀한 사생활

요즘 경찰청에서 밀고 있는 슬로건은 '제복 입은 시민'이다. 나는 이 말을 굉장히 좋아한다. 경찰관은 경찰관이기 이전에 사회를 구성하는 시민의 한 사람이라는 말과 같기 때문이다. 경찰이 '시민'이라면, 한 사회의 시민으로서 일반 시민과 같은 수준의 행동의 자유를 충분히 누리고 있는가, 또 누릴 수 있는가를 고민해 봐야 한다.

'경찰도 문신이 가능할까?'

경찰 사생활의 자유 중 핫한 이슈는 바로 '문신'이다. 외국 영화를 보면 경찰관들의 팔뚝에 큼직한 문신이 새겨진 것을 흔하게 볼 수 있고, 최근 소방관이 가슴에 새긴 문신이 이슈가 되기도 했다. 문신은 자신의 몸에 사비를 들여 자기만족을 위해서 하는 것인데, 경찰이라고 문신을 하지 못할 이유가 있을까?

델라르트는 '공공의 신뢰가 의무를 유발한다'라고 하며 공직자는 타의 모범이 돼야 하므로 공무와 관련 있는 분야는 물론 관련이 없는 부분을 포함한 일부 사생활이 제한된다고 주장했다. 예를 들면 경찰관이 바람직하지 못한 사생활(과도한 음주 등)을 유지한다면, 공권력의 권위를 손상시키거나 공무수행에 지장을 초래한다는 것이다. 또 다른 주장으로 공직자의 사생활을 보장함으로써 시민들의 사생활을 더 보장할 수 있다는 측면에서 경찰관에게도 사생활권이 일반 시민과 동일하게 보장되어야 한다는 의견도 있다.

연예인이나 스포츠 선수들도 문신을 하고 TV 프로그램에 출연하는 요즘, 그리고 문신이 하나의 대중 패션으로 인식되어 가는 현시점에서 문신 자체가 '혐오감'을 유발하거나 '공무원의 권위'를 실추시킨다고 보는 견해는 설득력이 떨어진다.

나도 문신이 매우 하고 싶었다. 그러나 하지 않는 이유는 현행법상 불법이기 때문이다. 의료인이 아닌 사람의 문신 시술은 현행법상 무면허 의료행위다. 따라서 경찰관이 의료인이 아닌 타투이스트에게 문신을 받는 행위는 불법을 방조하고 가담하는 행위에 해당한다. 즉, 타의 모범이 되어야 하는 경찰관이 문신은 한다는 것은 현행법을 위반하는 매우 비난 가능성이 높은 행위라고 볼 수 있다.

'경찰도 부업이 가능할까?'

마찬가지로 경찰의 부업에 대한 문제도 핫한 이슈다. 원칙적으로 공무원은 부업이 불가능하다. 이는 공무에만 집중할 수 있도록 하기 위함인데, 때문에 공무수행에 방해가 되거나, 이익이 상충되는 부업은 불가능하다. 예컨대 사업체 운영이나 식당 운영 등은 할 수 없다. 저작, 강의, 부동산 임대업 등 일부 가능한 부업도 존재하기는 한다.

안 걸리면 그만이라고 생각할 수도 있지만, 경사(7급 상당) 계급이 되면 자신뿐만 아니라 가족들의 재산을 시스템에 의무적으로 등록하게 되어 있어 월급 외 다른 투자(주식, 부동산 등)를 통해 발생한 수입이 다 들통나고, 비정상적인 수입에 대해서는 소명을 해야 한다. 그렇기에 몰래 부업을 한다는 것은 거의 불가능하다고 보면 된다.

이러한 사례는 일부 예시에 불과하다. 경찰관은 직업 특성상 타의 모범이 되어야 하므로 일반인과 완전히 동일한 수준의 사생활을 보장받을 수 없다. 그럼에도 자신의 자유를 내려놓고 타인의 자유를 보호한다. 물론 그렇지 않은 경찰관들도 많지만, 대부분 희생을 감내하면서 살고 있다.

4장

경찰,
그 슬픈 직업에
대하여

맛있게
욕먹는 방법

경찰관은 대한민국에서 욕 많이 먹기론 둘째가라면 서러운 직업이다.

경찰 생활을 하다 보면 우리 가족의 안부를 궁금해하는 사람들이 참 많다는 것을 느끼게 된다. '짭새', '개새끼'부터 '너네 부모가 그렇게 가르쳤냐', '애비애미도 없냐'까지 술에 취해 행패를 부리는 사람들을 자주 접하다 보니 전국 팔도의 욕을 다 얻어먹어 본 것 같다. 약 2년 전 폭행 혐의로 체포한 조선족에게서는 심지어 '우리 가족을 몰살시켜

버리겠다', '네 얼굴 다 봐 놨다', '언젠가 복수하겠다'라는 말을 들었다. 자세히 보니 그 사람은 내가 사무실에서 자주 시켜 먹던 중국집의 배달원이었다. 그래서 최대한 인자한 모습으로 온갖 욕을 못들은 척했다. 그랬더니 중국말로 뭐라고 하는 것이 아닌가. 분명히 중국 욕이었을 것이다. 내 인생 처음으로 외국인에게 그것도 외국어로 된 욕을 얻어먹는 순간이었다. (혹시 자장면에 침이라도 뱉을까 무서워 아직까지 그 중국집에서 요리를 시켜 먹지 않고 있다.) 이렇듯 경찰은 남녀노소 국적을 불문하고 모욕적인 상황과는 떨어지려야 떨어질 수 없는 관계다.

나는 흔히 말하는 '유리멘탈'이다. 주위 사람들의 눈치를 많이 보는 편이라 사람들이 내 얘기하는 것에 굉장히 예민하고, 남들에게 욕먹는 것은 더더욱 싫어한다. (물론 누군들 욕먹는 것을 좋아하겠냐만은) 경찰은 직업 특성상 불특정 다수의 이야기를 들어주고 문제를 해결해 줘야 하는 입장이다. 이러한 특성 때문에 나는 일하면서 받는 스트레스가 굉장히 심했다. '상대방에게 상처 주는 말을 하지는 않았을까', '내가 흠 잡힐 말을 하지는 않았을까' 하는 생각 때문이다. 내가 계속 경찰 생활을 이어가기 위해서는 어떻게든 이 문제를 해결할 방법을 찾아야 했다. 대개 주변 동료들은 '한 귀로 듣고 한 귀로 흘려라', '상황에서 멀리 떨어져 객관적으로 사고하라'는 등 굉장히 이론적이고 도덕적인 방법을 제시했다. 나는 그런 방법으로 스트레스가 풀리지 않았다. 그래서 내 나름의 해결책을 찾기 시작했다.

'한 귀로 듣고 한 귀로 흘리기'도 한 가지 치명적인 단점이 있다. 경험상 한 귀로 듣고 한 귀로 흘리기가 적을 만들지 않고, 싸우지 않으며 상황을 모면하는 가장 최선의 방법이긴 하다. 그러나 인간은 말하기 좋아하는 동물이다. 버스터미널 대합실 TV 앞에는 혼잣말하는 아저씨들이 하나씩 꼭 있다. 자꾸 사람들 옆에 앉아 누군가 들으라는 듯이 혼잣말을 해대는 사람 말이다. 남들이 자기 말을 듣고 맞장구든 반대든 반응을 보여 주길 원하는 것이다. 누군가의 대꾸가 나오기 전까지 이 아저씨는 혼잣말을 멈추지 않는다. 그렇다. 사람들은 자기 이야기를 들어 줄 때까지 말을 한다. 여기서 한 귀로 듣고 한 귀로 흘리기의 치명적인 단점이 나타난다. 상대방이 제풀에 지칠 때까지 한 시간이고 두 시간이고 상대방의 모욕적인 얘기를 계속 들어 줘야 된다는 것이다. 목적이 있는 사람은 쉽게 지치지 않는다. 나에게 욕을 하는 사람의 목적은 내게 스트레스를 주어 어떤 반응이 나오는 것을 보는 것이다. 결국 아무런 이유 없이 욕지거리를 듣고 있는 내가 먼저 지쳐 쓰러질 가능성이 더 높다.

세상에 나쁜 개는 없다지만, 나쁜 사람은 있다. 순자는 성악설을 주장하며 인간은 감성적(感性的)인 욕망에 주목하고, 그것을 방임하면 사회적인 혼란이 일어나기 때문에 도덕적인 수양을 해야 한다고 주장했다. 맞는 말이다. 인간은 태생적으로 악하다. 작금의 미성년의 범죄 행태나 악질 범죄 등이 성악설을 뒷받침한다.

나는 성악설을 믿는 사람이다. 그래서 성악설을 실전에 활용해 보기로 했다. '나한테 욕을 하고 있는 저 사람은 원래 나쁜 사람이다', '원래 나쁜 사람이 나한테 나쁜 짓을 하고 있는 것이다'. 즉 '내가 저 사람을 욕하고 증오한다 해도 나는 아무런 잘못이 없으며 정당방위다'라는 가정을 세웠다. 이런 가정에도 불구하고 내가 상대방과 똑같이 욕하거나 다투지 않는 것은 그저 그런 행동이 비효율적이고 상스럽기 때문이다. 교육을 받고 도덕적인 겸양을 갖춘 문명인인 나는 저들과 다른 방식으로 분노를 표출해야 했다. 효율적이고 교양 있게 그리고 법적으로 안전하게 처벌 가능성 없이 받아쳐야 했다.

요즘 '각도기' 그리고 '선'이라는 말이 유행이다. 각도기로 '각'을 잘 재서 상대방이 불쾌해할 '선'을 넘지 말라는 말이다. 나는 경찰 일을 하면서 아무런 이유 없이 욕을 먹을 때 사용하는 방법을 만들었다. 욕을 먹었다면 똑같이 '질문'하는 것이다. "야 이 개새끼야!"라는 말을 들었다면, 그대로 되돌려준다. 다만 질문으로. "'야 이 개새끼야!'라는 말을 들으면 기분 좋으시겠어요? 욕하지 마세요! 듣는 사람 기분 나빠요"라는 식으로 다시 물어보는 것이다. 주의할 것은 차분하게 되물어 주는 것으로 절대 똑같이 흥분해서는 안 된다. 이 방법을 사용하면 내가 먹은 욕도 되돌려 줄 수 있고, 상대방보다 내가 인격적으로 더 어른스럽다는 것을 느낄 수 있어 어느 정도 화가 누그러든다. 결과적으로 상황 자체를 가볍게 받아들일 수 있다. 또 높은 확률로 내 태도에 당황한 상대방이 차분해질 가능성이 높다는 점에서 괜찮은 방법이다. 단점으로는 낮은 확률로 상대방이 분노(극대노)할 가능성도 있다는 점이다. 물론 나는 일회성 민원인을 만나기 때문에 가능한 것일 뿐이지, 사실 매일 봐야 하는 직장상사가 나한테 욕을 한다면 이렇게 받아칠 자신은 없다.

사실 제목은 '맛있게 욕먹는 방법'이라고 했지만, 욕을 먹으면서 "아, 욕 많이 먹었다~ 장수하겠네~" 하며 아무렇지 않게 받아들일 수 있는 사람은 없다. 누구나 자존심이 있고, 자존감을 꺾는 말을 듣는 것을 좋아하는 사람은 아무도 없으니까. 그러나 살면서 아무런 이유 없이 나를 모욕하고 공격하는 말을 하는 사람들을 마주칠 때가 많다. 그런 사람들로 인하여 내 마음에 상처가 생기는 것은 견딜 수 없는 일이다. 그렇기에 우리는 이런 사람들을 대처하는 방법을 미리미리 생각해 보고 자기만의 대처법을 찾아보는 것이 필요한 것 같다.

조서를 꾸미다 :
펜의 무게

'조서를 꾸미다'

흔히 수사기관에서 작성하는 조서를 '꾸민다'라고 표현한다. 조서라는 것은 수사관이 조사 상대방에게 질문을 하고 그 답변을 문답 형식으로 적은 수사서류를 말한다. 일반적으로 문서에는 '작성하다' 같은 동사가 붙는데, 왜 조서는 유독 '꾸민다'라는 표현과 함께 쓰일까.

원칙적으로 조서는 나의 질문과 상대방의 대답을 있는 그대로 기재하게 돼 있지만, 현실적으로 상대방의 대답을 그대로 받아 적기란 쉬운 일이 아니다. 조사 상대방의 말이 빨라 받아 적기 어렵거나, 답변이 횡설수설하여 그대로 기재하는 경우 답변의 내용을 알아보기 어려운 경우 조서를 보는 사람이 알아보기 쉽게 정리할 필요가 있기 때문이다. 이런 경우 수사관이 조사 상대방의 진술 일부를 육하원칙에 맞게 정리하거나 수정하여 서류에 기재한다. 완성된 조서를 상대방에게 열람시켜 주고 그 내용의 동의(자필서명)를 받음으로써 어느 정도 진술 내용의 변형은 암묵적으로 용인된다.

이와 같은 점에서 조서는 수사관이 원하는 단어 또는 뉘앙스로 피조사자의 진술을 기록하거나, 일부 진술을 누락시키는 방법으로 작성되어 피조사자에게 불리하게 작성될 수도 있다(그래서 수사서류는 꼼꼼하게 살펴보고 서명해야 한다).

부끄럽지만 선배로부터 2000년대 초반까지만 해도 '피의자가 인정하면 기소, 인정하지 않으면 불기소'식으로 수사하는 사람이 수사관으로 근무했었다는 소리를 들었다. 피의자 자백에 의존해 수사를 했던 것이다. 나는 그 사람과 같이 근무를 해보지 않았기에 왜 그런 식으로 수사를 했는지는 모르겠으나, 아마 증거를 찾거나 추적하는 것이 귀찮았기 때문이 아니었을까 추측해 본다.

아직까지 피의자로부터 자백을 잘 받아 내는 수사관이 유능한 수사관이라는 인식이 있다. 그렇다 보니 상대방과 심리전을 하거나 상대방을 압박하여 자백을 받으려 하는 수사관들이 있다. 그러나 심리전이나 압박과 같은 구체적인 언쟁 내용은 조서에 기재되지 않는다. 단순히 '인정합니까'와 '네'만 기재될 뿐이다. 문제가 있을까 싶을 수도 있지만, 공무원의 일이라는 것이 문제를 삼으면 문제가 되기 마련이라, 이렇게 작성된 조서는 충분히 문제가 될 수 있다.

다행스럽게도 최근에는 유능한 수사관이 많이 확보되어 증거를 가지고 피의자와 공방을 거쳐 자백을 받아 내거나, 애초에 피의자 진술에 구애받지 않고 유죄를 입증할 증거를 가지고 수사 결과를 내는 것이 추세다. 어떻게 보면 자백을 쉽게 받아 내는 것도 능력이라고 볼 수도 있지만, 개인적인 의견으로 수사란 증거를 찾아내고 이를 종합, 추론

하여 범죄 혐의를 입증하는 것이라고 생각한다. 따라서 피의자를 사무실에 불러 앉혀 놓고 말씨름하며 자백을 유도하는 수사는 옳지 않다고 본다. 나는 〈그것이 알고 싶다〉에 나오는 '경찰관 A'가 되고 싶지 않기에, 제3자의 입장에서 상대방이 하는 말을 최대한 그대로 조서에 기록하려고 노력한다.

'펜의 무게'

경찰수사관은 수사를 마무리하며 의견서라는 것을 작성한다. 의견서는 사건을 검사에게 송치하면서 기소 내지 불기소 결정을 해달라는 의견을 제시하는 서류다. (기소는 누군가의 처벌을 구한다는 것이고, 불기소는 누군가의 처벌이 불필요하다는 것이다.) 물론 검찰 수사단계에서 수사관의 의견과 검사의 의견이 달라지는 경우도 있는데, 그러한 경우는 경험상 극히 드물다. 경찰의 수사 의견이 수사기관의 최종 의견과 거의 유사하다는 의미다. 고로 경찰관으로서 나의 주관적 판단이 기재된 서류 한 장, 한 줄의 문장이 누군가를 범죄자로 만들 수 있다. 그렇기에 경찰 수사의 모든 것은 서류로 기록되고 함부로 파기할 수 없다. 수사관으로서 결론, 즉 수사 결과가 나의 커리어임과 동시에 내가 평생 안고 가야 할 꼬리표가 된다.

잘 쓰인 글은 독자 인생에 영향을 미친다. 나는 뛰어난 작가가 아님에도 불구하고 수사관으로서 누군가의 인생에 영향을 미친다. 수사서류를 작성함으로써 한 사람의 인생에 개입하고 있는 것이다. 그렇기에 나는 글을 쓸 때 엄청난 책임감과 중압감을 느끼며 객관성과 공정함을 유지하고자 노력하는데, 나도 사람인지라 쉽지만은 않다. 최근 본 글 중에 가장 와 닿았던 내용으로 이 글을 끝맺음하려고 한다.

"붓이 칼보다 강하다고 말하는 문필가는 많습니다. 하지만 그들 중 적지 않은 이들이 붓으로 이루어진 범죄가 칼로 이루어진 범죄보다 더 큰 처벌을 받아야 한다고 말하면 억울해합니다. 붓이 정녕 칼보다 강하다면, 그 책임 또한 더 무거워야 합니다. 그리고 그것을 붓에 보내는 칼의 경의로 생각할 것입니다."
— 이영도, 《피를 마시는 새》 中 엘시 에더리의 대사

투신 :
사선에서

경찰 내부적으로 경찰에 입직하는 행위를 흔히 '투신(投身)한다'고 표현한다. '투신자살'의 그 '투신'과 같은 단어다. 경찰에 입사함과 동시에 내 목숨을 국가와 국민을 위해 바친다는 의미에서 그렇게 말하는 것 같다. 경찰관이 근무 중 목숨을 잃는 일은 흔하게 있는 일이다. 나도 뉴스나 신문에서도 종종 봐왔고 중앙경찰학교에서 교육도 받았기 때문에 경찰 일이 위험하다는 것은 알고 있었다. 다만 나에게는 일어나지 않을 일이라 생각했다.

경찰학교를 졸업하면서 다짐했다. 위험한 일엔 절대 나서지 않겠다고. 그러나 그건 내 마음대로 되는 것이 아니었다. 하루는 한 노인이 자동차 전용도로를 걷고 있다는 신고가 들어왔다. 신고 내용만 들어봐도 치매 노인임을 직감할 수 있었다. 보통의 인식 수준을 가지고 있는 사람이라면 인도도 없는 고가도로에 들어갈 생각 자체를 하지 않기 때문이다. 신고를 받고 현장에 출동하던 중 건너편에서 머리가 하얗게 센 노인이 구부정하게 걷고 있는 것을 발견했다. 차를 잠시 세우고 "할아버지, 거기 그대로 서 계세요!"라고 몇 차례 방송을 했다. 노인이 있는 곳으로 가기 위해서는 1킬로미터 전방에 있는 출구로 나와 반대편 입구로 돌아와야 했기 때문이다. 순찰차를 출발시키려던 찰나 갑자기 노인이 왕복 8차선 도로를 건너려고 하는 것이 아닌가. 눈 깜빡할 새에 나는 차가 쌩쌩 달리는 도로에 뛰어들고 있었다. 그 순간 내가 죽을 수도 있다는 생각은 하지 못했다. 다만 저 노인이 위험하다는 생각만 머릿속에 가득했다. 가까스로 노인을 데리고 안전한 곳에 다다르자 그제야 다리가 후들거리는 게 느껴졌다. 나는 어떻게 그런 용기를 낼 수 있었을까. 사실 '용기를 냈다'고 표현하기에는 조금 애매한 구석이 있다. 용기의 정의는 '겁내지 않는 기개'다. 나는 겁쟁이 직장인일 뿐인데 겁내지 않는 기개가 어디 있었으랴. 그냥 귀신에 홀린 것 같다는 표현이 가장 적당한 것 같다. 나도 모르게 몸이 움직인 느낌이었다. 제복의 힘이었을까. 이 사건이 있고 얼마 지나지 않아 고속도로에서 교통단속을 하던 경찰관이 졸음운전 차량에 치여 순직하는 사건이 발생했다. 안타까움과 함께 등줄기에 소름이 돋았다. 충분히 내 얘기일 수도 있었기 때문이다.

솔직히 흉기를 든 범인과 대치를 한다는 등 직접적으로 생명의 위협이 있는 일은 겪지 못했다. 그럼에도 이제는 선배들이 말하던 '투신'의 의미를 이해할 수 있다. 경찰 생활을 하다 보면, 특히 신고 출동을 하다 보면 항상 다양한 변수를 맞닥뜨린다. 그 변수는 사소한 것일 수도, 내 목숨과 직결된 것일 수도 있다. 그렇다 보니 경찰은 언제나 사선에 서 있다고 볼 수도 있다. 그래서 그런지 경찰들은 평소 알게 모르게 스트레스를 많이 받는다. 항상 긴장된 상태로 일한다는 것은 굉장히 지치는 일이다. 그럼에도 불구하고 경찰이라는 회사에 '투신'한 경찰관들은 오늘도 묵묵히 자기 자리를 지키고 있다. 이 자리를 빌려 사선에서 순직한 선후배 경찰관들에게 경의를 표한다.

죽음을
마주하며

사람은 죽는다. 변하지 않는 사실이다. 그러나 사실이라고 해도 죽음을 눈으로, 피부로, 냄새로 받아들이기란 쉽지 않다. 경찰에 입사해서 깨달은 사실이 있다면 사람들이 너무 많이, 그리고 너무 쉽게 죽는다는 것이다. 물론 죽음의 모습은 다들 다르지만 말이다.

경찰은 죽음을 마주하는 직업이다. 경찰관과 소방관 중에 누가 죽은 사람을 더 많이 볼까? 내가 생각하는 정답은 '똑같다'이다. 사람이 죽으면 경찰과 소방이 같이 출동한다. 현장에 도착해 소생 가능성이 있는 경우에는 소방에서 후송하지만, 완전히 사망한 것이라고 판단되는 경우에는 병원에 후송하지 않고 경찰에 시신을 인계한다. 사망원인을 확인하기 위해서다. 결국 사람이 죽으면 소방관과 경찰관을 함께 맞이하게 된다.

내가 경찰이 되어 처음으로 마주했던 시신은 여중생이었다. 그 학생은 신변비관으로 20층 아파트 옥상에서 뛰어내려 그 자리에서 즉사했다. 같이 출동했던 선배가 현장에 나가면 죽은 사람과 눈을 마주치지 말라고 말했다. 그러나 그게 어디 쉬울까. 현장 사진을 찍던 도중 눈을 마주쳐 버렸다. 그 순간 나는 선배가 눈을 마주치지 말라고 한 뜻을 알아버렸다. 나는 평생 그 학생의 모습을 잊을 수 없게 된 것이다. 죽은 사람의 얼굴을 보면 감정이 동요하고 머릿속에 그 모습이 각인된다. 시도 때도 없이 죽은 사람의 모습이 계속해서 떠오르는 것은 아니다. 어느 순간 갑자기 머릿속을 가득 채운다. 그 사람은 왜 죽음을 선택했을까, 그게 최선이었을까 등의 생각으로 머릿속이 복잡해진다. 그날은 점심도 제대로 먹지 못했다. 선배들이 말하길 처음이라 그렇다고, 차차 괜찮아질 것이라고 했다. 그러나 그 말은 거짓말이었다.

나는 사람이 죽은 현장에 나가는 것을 가장 꺼린다. 특히 자살로 인한 사망신고는 더더욱. 종교적인 이유가 있는 것은 아니다. 보통 자살의 경우 사체 훼손이 심한 상태로 발견되는 점도 있지만, 자살 현장에서 느껴지는 특유의 분위기가 사람을 더 힘들게 한다.

습하고 뜨거운 여름밤, 엄마가 자살을 암시하는 문자를 남기고 사라졌다는 신고가 들어왔다. 신고자에게 상황을 들어 보니, 가족들이 다 같이 즐겁게 외식을 한 뒤 집에 들어가던 중 엄마가 갈 곳이 있다며 사라진 후 한 통의 문자가 왔다는 것이다. 엄마가 없어도 잘 지내라는. 그렇게 문자가 온 뒤 두 시간여 동안 동네를 다 뒤지다가 더는 안되겠지 112 신고를 했던 것이다. GPS 위치값을 기준으로 주변을 샅샅이 뒤졌다. 현장경찰관에게 통보되는 GPS 위치값이라는 게 일반인이 생각하는 것처럼 정확한 위치를 알려주는 것이 아니라 반경 3~500미터가량 오차범위가 있다 보니 현장 수색에 어려움이 있다. 약 3~40분을 수색한 결과 뒷산 나무에서 목을 멘 여자를 발견할 수 있었다. 가족들에게 시신을 확인시켜 주자 온갖 원망이 날아들었다. 왜 더 빨리 찾지 못했냐고. 그 현장에서 더 빨리 신고하지 그랬냐고 어떻게 말하겠는가. 그냥 그 원망을 다 듣고 있는 수밖에 없었다. 가장 힘든 것은 가족들일 테니까. 사람의 생사라는 게 이렇게 갑작스럽게 '선택'될 수 있다는 것을 느꼈던 순간이었다.

일요일 오전 '아이가 숨을 쉬지 않는다'는 112 신고를 받고 현장에 출동했다. 5개월된 아이의 싸늘한 시신이 요람 위에 비현실적으로 뉘여 있었다. 사인은 질식사. 아이가 잠투정 없이 잘 잔다는 이유로 요람에 혼자 재웠다가 아이가 뒤집힌 몸을 혼자 일으키지 못해 숨을 쉬지 못하고 그만 질식사한 것이다. 아이의 조그만 가슴을 누르며 심폐소생술을 하던 모습이 아직도 생생하다. 당시 여자 친구(지금의 아내)의 조카도 5개월 차 갓난아기였다. 여자 친구가 조카의 사진을 보낼 때마다 그 아이의 모습이 떠올랐다. 그래서 모질게 말을 한 적도 있었다. 지금은 누구보다 좋아하는 조카이지만, 조카의 눈을 똑바로 마주하기까지 1년이 넘는 시간이 걸렸다.

누구도 사람의 죽음을 마주하고 싶어 하지 않는다. 죽음은 영화와 같지 않다. 어쩌면 영화보다 더 비현실적이다. 경찰은 그런 비현실적인 세계를 오감으로 마주하는 직업이다. 5년 님게 경찰 생활을 하며 수없이 많은 사람의 죽음을 목격했지만, 하나하나의 죽음이 모두 달라 적응할 수 있는 성질의 것이 아니었다. 나는 언제쯤 죽음에 초연한 경찰이 될 수 있을까.

권한과
책임

　'훈방'이라는 말을 들어 봤을 것이다. 개인적으로 범죄에 경중을 나누는 것을 이상하다고 생각하지만, 아무튼 경찰은 가벼운 범죄를 저지른 사람들을 자신의 권한으로 구두경고만 한 뒤 귀가조치 시킬 수 있다. 범죄의 경중을 가린다는 것, 누군가는 처벌하고 또 누군가는 처벌하지 않을 수 있다는 것. 이 얼마나 큰 권한인가. 경찰은 훈방 외에도 많은 권한을 가지고 있는 만큼, 거리의 판사라고 불리기도 한다.

그러나 많은 권한을 가진 만큼 그 책임도 만만치 않다. 대한민국에 총을 차고 거리를 활보할 수 있는 사람이 몇이나 될까. 술에 취한 사람이 칼을 들고 거리를 활보하고 있다는 신고가 들어왔다. 현장에 출동해 보니 주취자는 엄청 흥분한 상태였다. 빠른 조치가 필요했던 상황에서 부사수가 먼저 주취자 쪽으로 걸어갔다. 그 순간 주취자가 갑자기 부사수를 향해 달려들었고, 부사수는 뒷걸음질 치다 그만 넘어져 버렸다. 주취자가 부사수 위로 올라타려 하는 순간 '탕' 소리가 났다. 총알이 주취자의 쇄골을 때리자, 주취자는 그대로 고꾸라졌다. 같이 출동했던 선배 경찰관이 주취자에게 권총을 쐈던 것이다. 문제는 주취자가 경찰관의 총을 맞고 사망하면서 발생했다. 원칙적으로 대퇴부를 쏴야 했으나, 왜 상체에 총을 쐈냐는 등 선배 경찰관은 감찰조사를 받기 시작했고, 왜 총을 쏠 수밖에 없었는지에 대한 상황 설명을 셀 수 없이 해야 했다. 또한 유가족의 고소로 인하여 업무상 과실치사 혐의로 경찰 및 검찰 조사를 받게 됐고, 온갖 민사소송에 시달렸다. 다행히 모든 소송에서 승소했지만, 그 선배는 2년이 넘는 기간 동안 엄청난 스트레스를 받아야만 했다.

이렇듯 경찰이 경찰력을 행사하는 데 엄청난 제약이 따르다 보니, 베테랑 경찰관이 될수록 경찰력 행사에 소극적으로 변해 간다. 물론 모든 힘에는 견제가 있어야 하는 것이 맞다. 하지만 외국의 경우 현장 경찰관의 주관적인 판단을 존중해 주는 판결이 많지만, 우리나라는 현장 경찰관의 주관적인 판단보다 상황이 벌어지고 난 뒤에야 확인할 수 있는 객관적인 사실관계를 더 많이 따진다. 예컨대 어떤 사람이 가만히 있으라는 경찰관의 경고를 무시하고 경찰관에게 달려들려 하고 있다고 가정해 보자. 이 사람의 주머니에는 칼 같은 흉기가 있을 수도, 또 없을 수도 있다. 외국 경찰관의 경우 이러한 상황에서 권총이나 테이저건을 발사하겠지만 우리나라의 경우에는 손으로 제압하는 데에도 제약이 있다.

내가 선배의 상황이었다면 어떻게 했을까 생각해 봤다. 나는 그 선배처럼 동료를 구하기 위해 모든 손해를 감수하고 방아쇠를 당길 수 있었을까.

나는야
호랑이 경찰관

"너, 자꾸 말 안 들으면 경찰 아저씨가 잡아간다."

어린 시절 어머니한테 자주 듣던 말이었는데, 어느덧 내가 경찰 아저씨가 됐다. 생각해 보면 어렸을 적 경찰 아저씨를 왜 그렇게 무서워했을까. 아마 어머니의 협박(?) 때문이 아니었을까 싶다. 종종 어린아이에게 경찰 아저씨가 잡아간다면서 겁을 주는 경우를 볼 수 있는데, 경찰 아저씨의 입장에서 굉장히 씁쓸하다. 사회적 약자인 아이들이 경찰을 무서워하게 되면 경찰에게 도움을 요청하는 것을 어려워할 수 있기 때문이다.

'경찰은 꼭 무서워야 할까'

사람들은 왜 경찰을 무서워할까. 아마 어렸을 때부터 경찰은 무서운 존재라는 암시를 받았을 수도 있고, 매스 미디어를 통해 그런 인식이 심어졌을 수도 있다. 경찰은 정말 수십, 수천 가지의 업무를 맡고 있는 조직이다. 도둑을 잡는 일은 경찰의 전체적인 직무를 봤을 때는 부수적인 업무에 불과하다. 경제적으로 어려운 피해자들을 돕기도 하고, 어린이들을 위해 교통지도를 하기도 한다. 때로는 자연재해 복구에 투입되기도 하고, 순찰을 돌다 어두운 장소가 보이면 시청에 연락해 가로등을 설치해 달라고 요청하기도 한다. 즉, 경찰은 시민의 권리를 제약하는 일도 하지만, 시민의 복리 증진을 위해 일하기도 한다. 따라서 경찰은 범죄자에게는 무섭지만, 일반 시민들에게는 따뜻하고 친절해야 한다.

'무서운 경찰관'

그렇다면 무서운 경찰관이란 어떤 경찰을 말하는 것일까. 두 부류의 선배들을 경험했다. 한 부류는 말 그대로 '무서운' 경찰관이다. 피의자에게 윽박을 지르며 물리적으로 기선을 제압해 피의자로 하여금 겁을 먹게 하는 사람들이다. 이들은 피의자의 위축된 심리를 이용해 겁을 주기도, 달래 주기도 한다. 다른 한 부류는 '냉정한' 경찰관이다. 이들은 피의자들과 사무적인 대화만 나눈다. 논리와 증거를 토대로 말하고, 법리를 가지고 피의자들과 싸운다. 피의자들은 어느 쪽을 더 무섭게 느낄까. 나는 아마 후자일 것이라 생각한다.

'호랑이 경찰관'

학생 시절 엄하게 훈육하시는 선생님들을 이른바 '호랑이 선생님'이라고 불렀다. 호랑이 선생님에게 많이 혼나기도 했지만, 선생님이 나를 혼내는 이유가 나를 위한 것임을 직감적으로 느낄 수 있었다. 그렇다 보니 졸업하고 나면 기억에 더 뚜렷하게 남는 선생님이 바로 호랑이 선생님이었다. 경찰관도 똑같다고 생각한다. 원리원칙에 따라 강단 있게 법을 집행하되, 사람의 마음을 보듬어 줄 수 있는 그런 경찰관이라면, 일반 시민들뿐만 아니라 범죄자들의 마음까지 움직일 수 있지 않을까. 나는 그런 호랑이 경찰관이고 싶다.

사람과
사람 사이

경찰은 일반적으로 일반적이지 않은 사람들을 상대하는 일이 많다 보니 흔히 말하는 '멘탈'이 나가는 일이 많다. 욕지거리는 일상다반사에, 술에 취한 사람이 내 옷에 토를 하기도 하고, 도망가는 피의자 발에 채이기도 하며, 심지어 이런 사람들로부터 고소를 당하기도 한다. 그러나 이런 일들은 일상적으로 일어나는 일이기에 멘탈은 나가도 마음의 상처는 받지 않는다.

그럼 경찰관들은 어떤 사람들로부터 상처를 받을까. 초

임 시절 파출소에 근무할 당시 고등학생들이 담배를 핀다
는 신고를 받고 출동한 적이 있다. 고등학생들에게서 담
배를 압수하고 훈계한 뒤 훈방조치를 했다. 며칠 뒤 학생
들이 아파트 단지 내에서 술을 먹고 있다는 신고를 받고
현장에 나갔더니, 아니나 다를까 같은 집단의 아이들이었
다. 아이들을 파출소로 데려와 커피 한 잔을 주며 왜 그렇
게 비행을 하느냐고 물어봤다. 아이들의 얘기를 들어보니
대부분 결손가정의 아이들이었고, 심지어 학대 경험을 가
진 아이들도 있었다. 그 아이들이 "형 같은 경찰관이 되고
싶어요"라며 나를 곧잘 따르기에, 시 청소년복지센터에 연
결해 주었고, 그 이후로는 우리 관할지역에서 아이들을 볼
수 없었다. 그렇게 모든 일이 잘 해결된 줄로만 생각했다.

  몇 년 뒤 수사과에 근무하며 사건 서류를 읽던 중 낯익
은 이름이 보였다. 나 같은 경찰관이 되고 싶다던 아이들
중 한 명의 이름이었다. 그 아이는 중고물품 사기 피의자
로 전락해 있었다. 순간 나는 씁쓸한 감정을 느끼지 않을
수 없었다. 경찰도 사람인 만큼 믿었던 사람이 기대를 저
버리는 순간 마음의 상처를 받는다.

반면 어떤 사람은 보이스피싱 인출책으로 검거되었다가 수감생활을 마치고 경찰서로 찾아와서는 수감생활 중 배운 기술로 새 직업을 얻고 잘 살아가고 있다며 인사를 하고 갔다. 그때 잡히기를 참 잘한 것 같다며, 더 큰 범죄자가 되기 전에 자신을 멈춰 주어 고맙다는 말을 잊지 않았다. 내가 믿어 준 만큼 갱생에 성공한 피의자들을 보면 상처받은 마음에 새살이 돋기도 한다.

'사람에 대한 불신'은 경찰관과 떼려야 뗄 수 없는 직업병과 같다. 하지만 그 불신 역시 사람에 의해서 없어지기도 한다. 그런 면에서 경찰이라는 일도 나름 할 만한 일이라고 생각해 본다.

경찰관으로 산다는 것

나는 수많은 직업 중 경찰이라는 직업을 선택했고, 덕분에 생계를 유지하고 있다. 특별한 변수가 없는 한 직업을 바꿀 생각도 없다. 그러니까 아마 나는 정년퇴직까지 경찰로 살아가지 않을까 싶다. 여태까지 경찰이 싫다고 얘기해 놓고 이제 와서 평생 경찰 일을 하겠다니, 내가 생각해도 참 모순적이다. 어쨌든 나는 경찰로서 살고 있다.

어쩌다 보니 경찰이 됐고, 경찰이 되고 나서 여러 질문을 받았다. 질문들은 대부분 '경찰로 사는 게 힘들지는 않느냐'로 귀결됐다. 나는 항상 이렇게 대답한다. "힘들죠. 그런데 다른 일을 한다고 힘들지 않겠어요?" 그렇지 않은가. 예컨대 어떤 사람들은 경찰관이 타의 모범이 되기 위해 모범적인 생활을 해야 하니 사생활에 제약이 많을 것이라고 말한다. 그런데 도덕적으로 생활해야 하는 것은 경찰관뿐만 아니라 모든 사람에게 적용되는 것이 아닌가. 돌이켜 보면 일이 힘들었던 적은 많아도, 경찰이라는 직업 때문에 힘들었던 적은 없었다.

한 선배가 말하길, 경찰로서 산다는 것은 긴장의 연속이라고 했다. 맞는 말이다. 그런데 다른 누구라고 긴장하지 않고 사는 사람이 있을까. 고속버스 운전기사는 장시간 운전으로 긴장의 연속이고, 출판사는 내가 제때 마감을 하지 못할까 봐 긴장의 연속이다. 경찰로서 살아간다는 것이 뭐 그리 대단한 것은 아니라는 얘기다. 그저 이 세상의 모든 직장인들처럼 하루하루 치열하게 살아가고 있을 뿐이다.

나는 오늘도 그리고 내일도 열심히 경찰로서 그리고 직장인으로서 살아갈 것이다.

나는, 경찰서로 출근합니다

1판 1쇄 발행 2022년 6월 22일
1판 5쇄 발행 2024년 4월 5일

지은이 어보경
펴낸이 안종남

펴낸 곳 지식인하우스
출판등록 2011년 3월 31일 제 2011-000058호
전화 02-6082-1070
팩스 070-7966-0156
전자우편 jsinbook@naver.com
블로그 blog.naver.com/jsinbook
페이스북 facebook.com/jsinbook
인스타그램 @jsinbook_official

ISBN 979-11-90807-19-7 03810